大地文學 5

張愛玲的小說藝術

水晶 著

「絳唇珠袖兩寂寞，
晚有弟子傳芬芳。」

杜甫：「觀公孫大娘舞劍」

目錄

「張愛玲的小說藝術」序

夏志清

張愛玲四十年代在上海走紅的時候，可能有不少人在報章上捧她、評她。那些資料我當時沒有注意，現在更無法搜集，但想來沒有人曾以嚴肅的批評態度去分析她的小說，也沒有人把她同五四以來已享盛名的作家相提並論，去肯定她超前的成就。本書所錄周瘦鵑介紹張愛玲的一段文字，可說是善意批評的代表；而帶些惡意的批評，可能會在文中涉及她的私生活，因爲在當年上海，一般人對比較突出的女演員、女作家都還抱著不正常另眼相看的態度。當時在上海，最有地位，最懂得些文藝理論的批評家要算是李健吾，但他的注意力集中於曹禺、巴金以及其他「正統」左派作家，像張愛玲這樣在禮拜六派雜誌上寫文章的，當然是不屑一顧的。

一九五二年張愛玲逃出大陸後，在香港美國新聞處做事。宋淇太太鄺文美女士是她的同事，他們夫婦酷愛文藝，一下子就同張愛玲締了深交，對她的作品也非常激賞。宋淇知道我那時在寫本中國近代小說史，就把香港盜印的「傳奇」、「流言」寄給我。我當時已讀了不少五四以來的小說家，雖然有幾位頗有成就，但拙劣的居多，讀後心中很煩。因之，我初讀「傳奇」、「流言」時，全身爲之震驚，想不到中國文壇會出這樣一個奇才，以「質」而言，實在可同西洋現代極少數第一流作家相比而無愧色。隔兩年讀了「秧歌」、「赤地之戀」（後書前三分之一，描寫「土改」，非常深刻），更使我深信張愛玲是當代最重要的作家，也是五四以來最優秀的作家。別的作家產量多，寫了不少有份量的作品，也自有其貢獻，但他們在文字上，在意象的運用上，在人生觀察透徹和深刻方面，實在都不能同張愛玲相比。

先兄濟安一九五六年創辦「文學雜誌」，向我拉稿。隔年我把書稿中已成的「張愛玲」那一章寄給他，他親自把它譯成中文，分兩次發表，題名「張愛玲的短篇小說」和「評『秧歌』」。這兩篇文章，絕對肯定了張愛玲的成就，當時可能很受注意。後來我認識了好幾位旅美小說家，他們都是讀了我的文章後才去找張愛玲的作品來讀的，而且他們自認在創作方面也受了她的影響。一九六一年「近代中國小說史」出版後，書評大半很好，但也有人抗議，覺得我把張愛玲捧得太高，給她的篇幅太多（四十二頁），而論魯迅的專章僅有二十六頁，評得也較苛刻。這也不能怪他們：研究魯迅的書籍有數十種，而張愛玲在一般中國文學史上是不列名的。但事隔十年，即在國外，讀張愛玲的人數也在不斷增加中。張自譯的「金鎖記」，已被選入我主編的「二十世紀中國小說選」，今年剛出版，當遲早會引起讀者的注意。加州大學教授白區 Cyril Birch 編的「中國文學選讀」Anthology of Chinese Literature 下冊即將出版，該書選了「怨女」英文本頭二章來代表自由中國的文藝成就。該書上冊一九六五年出版後，已被美國各大學普遍採用爲教本，假如下冊一樣被採用，則以後美國大學生初讀中國文學，必從「詩經」一直讀到張愛玲。至少在美國，張愛玲即將名列李白、杜甫、吳承恩、曹雪芹之儕，成爲一位必讀作家，使我感到當年評介她的工作沒有白做。

水晶到加拿大念書後，才開始同我通信，初次見面在一九六九年初夏。他是當代最用心寫小說的一位，產量雖然不多，著實寫了幾篇好小說。他同時也是專研小說的人，中外古今的小說讀得很多，對美國小說的研究更花過些死功夫。最近一年來他閒居在家，有時我眞羨慕他能有時間把「戰爭與和平」、喬治・艾略特"Middlemarch"等的千頁巨著一本本聚精會神的去研讀觀摩。水晶自稱張迷，可能在中學時代就把「傳奇」、「流言」讀了。多少年來寫小說，更把她的小說同「紅樓夢」一樣的讀得爛熟，以作自己創作的借鏡。在本書裡，他把自己累積的心得公開，不僅使我們對張愛玲有更精深的瞭解，也使我們將來讀任何值得玩味的小說時，把自己的欣賞程度提高，而體會到小說家寫作時用心的艱苦。

「張愛玲的小說藝術」集了三類文章：訪問記，書評與讀後感，論文。早兩三年寫書評和訪問記的時候，水晶還沒有意思寫本專書。後來文章積得多了，才接連寫了幾篇評析張愛玲中、短篇（「傾城之戀」「桂花蒸阿小悲秋」「沉香屑第一爐香」「紅玫瑰與白玫瑰」）的論文。（「泛論張愛玲短篇小說中的鏡子意象」，可能是全書中最精采的一篇，我尚未見到。）論文章結構的完整，批評、分析功夫的細到，當然是這幾篇論文最見勝。但「夜訪張愛玲」

是篇極重要的文獻（杜牧爲李賀詩稿寫序，李商隱爲他作傳，都是建立李賀聲譽了不起的功臣，但可惜二詩人生得太晚，無緣見到李賀，假如其中一人能寫一篇「夜訪李長吉」，該是我國文學史上何等重要的文獻！）早兩年寫的書評和讀後感對張愛玲後期作品的欣賞，很有幫助。水晶讀張愛玲讀得太熟了，隨便提出幾點討論，都牽涉到她小說藝術發展的過程。

論文中，我祇想談兩篇：「潛望鏡下一男性」，「爐香裊裊仕女圖」。寫這兩篇，除了把「紅、白玫瑰」「沉香屑」中一般人不易看到的好處細細道來，我想水晶是別有用意的。在「潛望鏡」裡他把張愛玲和五四以來的「新小說」連在一起討論，以證明她的小說藝術，遠勝前一代的作家。水晶二、三十年代的中國小說讀得很多，他把郁達夫「鞭屍」，實在因爲同時期對心理描寫，或者性心理描寫有興趣的小說家，沒有比他更突出的。但同張愛玲相較之下，郁達夫的小說實在寫得馬虎，同時他的自傳性的男主角是定了型的人物：一方面郁達夫讀了不少西洋、日本小說，心理學方面的參考書也看了不少，隨便寫些變態性心理的情景，即可吸引讀者的注意；另一方面郁達夫舊文人習氣特重，覺得把自己寫得越窮、越潦倒，越顯得自己的高傲脫俗。張愛玲從不諱「俗」，在她的散文裡她直談自己的好惡，追憶自己幼年、少年時期的遭遇，從不裝腔作勢，給人一個極眞的印象。她的小說卻是非個人impersonal的，自己從沒有露過面，但同時小說裡每一觀察，每一景象，祇有她能寫得出來，眞正表達了她自己感官的反應，自己對人對物累積的世故和智慧。就憑這一點非個人而無處不流露自己眞正「感性」的境界，就可以使我們信服何以郁達夫和大半五四時代的小說家如此「粗糙」、「幼稚」，而張愛玲卻如此「細緻」、「成熟」。

在「爐香裊裊仕女圖」裡，水晶把張愛玲和近代西洋小說巨匠亨利・詹姆斯相比，也同樣證明了她的「細緻」、「成熟」。在「流言」裡所提到英美近代作家不外乎蕭伯納、韋爾斯、赫胥黎諸人，而且想來張愛玲並未讀過韋爾斯早期寫實派的小說，吸引她的是他後期泛論科學、人生、未來世界的暢銷書。讀蕭、韋、赫的書很能滿足年輕人的求知慾，而到今日張愛玲看的英文書，也還是這一類的（有關希臘神話的小說，當今原始民族、落後民族生活實況的調查）。她可能在契珂夫的小說劇本裡學到些東西（「流言」裡也提到他，沒有一個現代短篇小說家不是契珂夫的學生），但我相信她眞的沒有把西洋小說當學問研究過，像她下功夫精讀「金瓶」、「紅樓」一樣。水晶也明知張愛玲沒有讀過「仕女圖」，但他特別把這部長達八百五十頁的長篇同一篇五十頁的中篇（「沉香屑」）相比，實在要表示張愛玲和詹姆斯一樣，是位別具匠心、洞察人心世情的藝術家。他們既選定了相類似的題材，在故事的發展上，人物的刻劃上自然會有些不約而同的地方。

在我看來，張愛玲和詹姆斯當然是不太相像的作家。就文體而言，我更歡喜張愛玲，詹姆斯娓語道來，文句實在太長（尤其是晚年的小說），紳士氣也太重。就意象而言，也是張愛玲的密度較濃，不知多少段描寫，鮮艷奪目而不減其淒涼或陰森的氣氛。但就整個成就而言，當然張愛玲還遠比不上詹姆斯。我想，這完全是氣魄和創作力持久性的問題：詹姆斯一生寫了多少長短篇小說，而且據一般批評家的看法，越寫越好（雖然我個人同意李佛斯 F.R. Leavis 的看法，中期的「仕女圖」才代表他創作的頂峰），這種情形在文學史上是罕見的。水晶說得對，張愛玲創作慾最旺盛的時期是一九四三「沉香屑」發表後的三四年，那時期差不多每篇小說都橫溢著她驚人的天才。逃出大陸後不久，她寫了「秧歌」和「赤地之戀」兩本小說，至少「秧歌」已公認是部「經典」之作。但她移居美國已十七年了，也僅寫了兩本：「怨女」是「金鎖記」故事的重寫，「半生緣」是四十年代晚期「十八春」的改編，她創作的靈感顯然逗留在她早期的上海時代。張愛玲在美國過著極孤獨的生活，簡直可說是同塵世隔絕了。在「流言」裡，年輕的張愛玲對人生的一切表示了強烈的好奇，強烈的愛好。現在，自甘淡泊，多少影響她創作的情緒和密度，何況，爲了生活，她還得放很多時間在翻譯、小說考證、中共研究這些工作上。根據水晶的訪問，張愛玲有好幾篇長篇、短篇要寫，有些開了頭，還沒有寫完。近代大小說家（最顯著的例子是普盧斯德、喬哀思），生活到某一階段，往往就不再在生活裡吸收創作資料，閉門寫作，回憶過去。我希望張愛玲也能有同樣的毅力，一方面珍攝自己的身體，一方面把自己已定的計劃，一部一部的寫出來。

當然，即使張愛玲今後擱筆不寫，她在中國文學史上已有了極高的地位，雖然她自己對作品留傳的問題，「感到非常的不確定」。五四時代的作家不如她，民國以前的小說家，除了曹雪芹外，也還有幾人在藝術成就上可同張愛玲相比？（當然不少古典小說，藝術成就雖不太高，在文學史上自有其重要的地位。）可惜，中國批評事業不發達，否則張愛玲這樣光輝的成就，早應有好幾本專書討論它了。本書的出版不僅彌補了這個缺憾，它應該也是奠定張愛玲在中國文學史上地位的一個重要里程碑。

水晶是受過嚴格訓練的批評家，但他絕不賣弄學問，也不寫學院體一般人不耐讀的文章，儘管他討論的是「神話結構」、「意象」、「象徵」之類西洋學院批評家最愛討論的題目。他的文評，同他的散文、書信一樣總是清新可讀，而且引用了不少詩詞名句，說理時也盡可能多用意象、暗喻，給人一個華麗的印象。這種講究文句的文評，當代英美批評家很少有人嘗試，倒使我想起了維多利亞後期的批評家貝特Walter Pater。近年來，以一個作家爲對象的批評專書絕少（我僅能想起周誠眞的「李賀論」），水晶的新著可說是本示範的文藝批評，它研究的對象又是這樣一位重要的作家，二者相得益彰，應該值得每個愛好文藝讀者的注意。

尋張愛玲不遇

松下問童子，言師採藥去。祇在此山中，雲深不知處。

賈島：「尋隱者不遇」

我是九月底從美國東部到加州柏克萊城的。一到柏城，手裡還提著兩件行李，便忙著問路，找到張愛玲女士的住所。

那是鬧中取靜——或者說，靜中取鬧——的一條支路，沿街種有洋梧桐，張女士的那大型公寓門前，臺階上便黏有幾片落葉，金焦掌似的，「在秋陽裡靜靜睡著，它和它的愛①。」

我想起胡蘭成先生在「今生今世」裡寫的，張女士住在上海大西路時的情景來。也一樣是公寓房子，門前電車噹噹經過，整個上海的天光雲影都在她腳下。是她說的，「我每天聽不見電車的聲音，睡不著覺。」然而「隔著三十年的辛苦路望回看，再好的日色也不免帶點淒涼」了②。

按了數下門鈴，心裡不免惶然，不知她可會來接應？時間還早，才上午十一點多，她是否還沒有起來？

幾陣沙沙的聲音過後，從傳話器裡透出一聲遲緩朦朧的英文「哈囉？」她大概以爲是送貨員。我一緊張，竟用英文來答話。自我通報過後，她慢慢說出「不能見我」，因爲「感冒了，躺在床上，很抱歉。」她的語調低緩平和，不帶絲毫感情成份，不過她把電話號碼告訴了我，又說很高興聽見我到了柏克萊。再想說話時，一陣沙沙聲，傳話器竟告音沉響絕。

我從立體的玻璃大門望進去，腳下踩著褐黃鑲黑邊的磁磚地。公寓裡陽光朗朗，是另外一個乾坤世界，看得見花木蔥蘢，看得見人，看得見他們在等電梯；另外還有樓梯，一共三層。是不是「一級一級，通入一個沒有光的所在？」③還是「有光的所在？」我想起世上一些張迷，在見到張女士前，都費過一陣週折。連胡蘭成也說，張愛玲是不輕易見人的。既然不是第一個，也不是最後一個，不獲她的允見，心裡並沒有什麼不愉快。

這以後我遇見一些柏克萊的朋友，談起張愛玲來，也說她鮮與世人往還。張女士在加大陳世驤教授主持的Center for Chinese Studies做事，上班時間大概總在下午三、四點鐘，到午夜爲止，作息時間跟旁人不一樣。即便是她的同事，也不容易見到她。

我並沒有在這段時間去找她。這一種心理很難解釋。也許是我不願意碰釘子，在衆目睽睽之下？

我試著打電話，每次都落空了。試了有一個多禮拜，有一次是週末凌晨兩點鐘，電話竟意外地通了。也許碰到她精神好，談話較多。我說多年前吧？她到臺灣去旅行，我便很想見見她了。因爲負責接待她，伴她到花蓮去遊玩的王禎和，是我當時極熟的一個朋友。後來不知怎麼，陰錯陽差的，把機會錯過了，沒有見著。張女士聽了，頓了一頓。彷彿給我攪迷糊了，不知道我在說些什麼。然後她才弄清楚了，問：「王禎和是不是臺灣人？」我說是。

又談起約見的事來。她說這幾天還是不舒服，必須時常躺在床上。「聽說你還是照常上班？」「是呵，因爲住在這三層樓上太熱，上班的地方有冷氣，涼快些。」「又聽說你不大喜歡跟別人講話？」「曖，感冒的時候，我一講話便想吐，所以祇好不講話。」她的北京話說得頂道地，想必上海話也是好的。她說這些話的時候，如果換成旁人，我會覺得是「敷衍」或者「矯情」。但是因爲她是張愛玲，我並沒感到有什麼不對。

這次她要去了我的地址和電話號碼，並且答應先寫張「便條」來，然後由我用電話再聯絡一次，才能算數。

我等候了一個多月，既無「便條」來，也無電話，我想她大概不想見我了。不過因爲這件事，倒引起我的一些感想。

我們對於心愛的作家，讀其文，想見其人，往往把這個作家跟他的作品混爲一談，有時不免把作家的部份，加以「美」化了。事實有時恰恰相反。最近有機會讀到一些葉慈（W.B. Yeats）的傳記。葉慈是英語世界裡，公認的大詩人，可是他追求一個叫Maud Gonne的女伶，達十五年之久而不獲。回過頭來再追求她的養女Iseult亦不獲。仔細推想一下，葉慈這個人本身，可能有一些不討人喜歡的地方，而我們這些後世的讀者，受到其詩篇的蠱惑（有許多是詠頌Maud的），轉而遷怒到這位美麗的女伶身上。認眞說來，有欠公允，因爲那也是一種「自欺」（self-deception）——一個大作家最喜歡發揮的主題。作家往往又很自私，有時爲了找寫作題材，抓住一個人不放，像葉慈之於Maud，但丁之於Beatrice，張愛玲之於炎櫻（Fatimah）。而我們讀者，爲他們在文章中抒發的那種炙熱的誠懇所感動，便信以爲眞了。其實他們創作時，是戴著作家的面具。是所謂的「道字不正矯唱歌」，儘管他們的確唱得很逼眞，很好，我們很愛聽；我們最好還是以欣賞一齣好戲的心情來對待他們，因爲他們實在是「一個玻璃球，球心有五彩的碎花圖案」，而我們卻是「小心翼翼順著球面爬行的蒼蠅，無法爬進去④。」事實上，他們根本也不想我們爬進去。本來麼，藝術就是一種「作僞」，所謂「忠實」，祇是相對的一個名詞，而不是絕對。而藝術的第一要求是距離。有了距離，才能產生美感。

張愛玲在現實生活裡，是不是像葉慈那樣，有不討人喜的地方，我因爲沒有跟她實際相處過，不敢妄擬。不過讀過「今生今世」，稍爲曉得一點輪廓，儘管胡蘭成的「色」鏡，有些地方不一定能夠當眞。寫到這裡，手邊剛好有一本十一月九日出版的新聞週刊，在「新聞人物」裡，有一段寫到美國流亡義大利的大詩人龐德（Ezra Pound）。龐德最近過八十五歲生日，記者去訪問他時，他接見了，但是祇聽不說。這可以說是世上最奇怪的一種訪問。龐德不愧是翻譯中國詩的能手，他深深瞭解到中國人的一句俗話：「會說不如會聽。」最後還是他的管家出來，替他說了一句話：「龐德先生雖然與世隔絕了，他祇是像一輛停著的汽車，引擎並沒有關掉。儘管車子不動，引擎還在撲撲響。」

我想用同一意象，移贈給我心儀已久的張愛玲女士，不算是過份不遜吧？

附註

①見「張愛玲短篇小說集」：「中國的日夜」一篇內，一首新詩：「落

葉的愛」。

②見同書：「金鎖記」。

③同上。

④見同書：「鴻鸞禧」。

蟬

——夜訪張愛玲

「試論張愛玲『傾城之戀』中的神話結構」一文刊出以後，我影印了一份寄給張女士，並在信上說，暑假準備回到東岸去。不久便收到她的回信，她這樣寫：

「水晶：

陳先生喪事那天，我正感冒，撐著去的。這次從春假前鬧起，這兩天更發得厲害。Office 也常不去。工作到月底爲止，但還是要一直趕到月底，一時不會搬。你信上說六月中旬要離開這裡。我總希望在你動身前能見著——已經病了一冬天，講著都嫌膩煩。下星期也許會好一點，哪天晚上請過來一趟，請打個電話來，下午五、六點後打。祝近好，文章收到，非常感謝。

愛玲六月三日」

這裡必須補記一下：張愛玲信中所提的陳先生，便是加大比較文學系陳世驤教授，也是Center for Chinese Studies 的主事人之一，最近在柏克萊城，突因心臟病去世。追悼會那天，認識她的人，都說張愛玲去過了，不過卻似蜻蜓點水，很快便失去了她的蹤影。

這次她竟然意外破例，邀約我到她住的公寓去，自是令人興奮的消息。我撥了電話號碼，她很爽快地來接聽，並且決定了約見的時間是週末晚上七點半。

就這樣，我見到了張愛玲。

胡蘭成在「今生今世」裡說，見到張愛玲，諸天都要起各種震動。雪萊在詩篇裡常常說：「Tear a Veil 撕去一層面幕。」然而在撕去一層面幕後，我得到的感覺是：這不是我想像中的張愛玲！

我很直接地告訴她，自己這種感覺，重複了兩三遍。她笑容滿面地回答，是這樣的，彷彿沒有一點不應該。

她當然很瘦——這瘦很多人寫過，尤其瘦的是兩條胳臂，如果借用杜老的詩來形容，是「清暉玉臂寒」。像是她生命中所有的力量和血液，統統流進她稿紙的格子裡去了。她的臉龐卻很大，保持了胡蘭成所寫的「白描的牡丹花」的底子。眼睛也大，「清炯炯的，滿溢著顫抖的靈魂，像是『魂歸離恨天』的作者愛彌麗·勃朗蒂」——這自然是她自己的句子了。她微揚著臉，穿著高領圈青蓮色旗袍，斜簽身子坐在沙發上，逸興遄飛，笑容可掬。

頭髮是「五鳳翻飛」式的，像是雪萊「西風歌」裡，迎著天籟怒張著黑髮的Meanad 女神。

她的起居室有如雪洞一般，牆上沒有一絲裝飾和照片，迎面一排落地玻璃長窗。她起身拉開白紗幔，參天的法國梧桐，在路燈下，便隨著扶搖的新綠，耀眼而來。

遠處，眺望得到舊金山的整幅夜景。隔著蒼茫的金山灣海水，急遽變動的燈火，像「金鎖記」裡的句子：「營營飛著一窠紅的星，又是一窠綠的星。」

她早已預備好一份禮物，因爲知道我去年訂婚了，特地去購買了一瓶八盎司重的Chanel No.5牌香水，送給我的未婚妻。這使我非常惶愧，因爲來得匆忙，沒有特別預備什麼東西送給她。

然後她又站起身來，問我要不要喝點酒，是喜歡**Vermouth**，還是**Bourbon**，因爲一個人家裡，總得預備一點酒，她說。我回說不會喝酒，她便去開了一罐可口可樂。她扎煞著手，吃力地揭開罐頭蓋口的時候，使我非常擔心，深怕她一不小心，把手劃破了，像她在「流言」裡寫的那樣。

此外她又開了一罐糖醃蕃石榴，知道我在南洋待過，可能喜歡熱帶風味的水果。我不能想像她會知道得我那樣清楚，因爲一直有個錯覺，覺得自己在她眼中，是個無足輕重的人。

談話進入正題後，她首先告訴我，她還有一個筆名，叫梁京。梁山伯的梁，京城的京。因爲從前我在信裡問過她，弄錯了，以爲叫蕭亮。

「半生緣」在初次問世的時候，便是用這個筆名發表的。當年，「十八春」（「半生緣」的前身）在上海「亦報」連載，引起一陣轟動。她說，有個跟曼楨同樣遭遇的女子，從報社裡探悉了她的地址，曾經尋到她居住的公寓裡來，倚門大哭。這使她感到手足無措，幸好那時她跟姑姑住在一起，姑姑下樓去，好不容易將那女子勸走了。

還有周作人也曾經在散文裡，引用過曼楨的名字。

談話的鋒頭一轉，她問起我南洋的事來，問起獵頭族（Dayak）的生活情形。她對於這一種原始民族的風習，非常有興趣。她聽我談起住在「長屋」（long house）的達雅人，竹編的地板，從裂縫裡望得見下面凹坑裡，堆積的垃圾、人矢及動物遺糞；以及甘榜Kampong 裡逐水而居的馬來人……神情專注，像是稚拙的小孩。她說喜歡閱讀一些記錄性的書籍，用英文說，便是documentaries，像是史前時代的人類史。舉例來說，她看過Mary Renaul 寫的「The king Must Die」看得津津有味。

她當然也喜歡看章回小說，尤其是張恨水的九本書，一看神經便鬆懈下來，有一種relaxed 的感覺。我告訴她最近看了「歇浦潮」，叫好不置。很少碰到這樣好的小說。她說聽到我這樣說，高興極了，因爲一直沒有人提過這本書，應該有人提一提。同時我又指出，「怨女」裡「圓光」一段，似是直接從「歇浦潮」裡剪下來的，她立刻承認有這樣一回事，並沒有因此不豫。不過，當我說起「歇」書裡「圓光」那一段，比「怨女」寫得還要好，因爲前者包括了一個女人的心理驚悟，而後者祇是一場過場戲時，她卻不以爲然，她說，「圓光」在「怨女」裡，不是主戲，如果添上心理描寫，便輕重倒置了，而且和整個小說的主題也不配。這話我當然以爲是。

她說她看「歇浦潮」是在童年。「圓光」這一段，似是順著下意識，滑進「怨女」書中去的，因爲寫「怨女」時，手邊並沒有「歇浦潮」作參考。她還記得書中寫得最好的是賈少奶、賈琢渠，倪俊人的姨太太無雙，這和我的看法一致。我還說我還喜歡作者塑造的吳四奶奶、君如玉、賈寶玉、玉玲瓏、媚月閣，以及錢如海的太太薛氏，開變相「堂子」的白大塊頭等人，她聽了莞爾一笑。眞的，「歇浦潮」是中國「自然主義」作品中最好的一部，我說，可惜作者的「視景」（vision）不深，沒有如「紅樓」那樣悲天憫人，也不像「海上花」的溫柔敦厚。所以作者所看到的，祇是人性狹隘的一面，也就是性惡的一面，使人覺得這本書太過cynical了，不能稱作偉大。她說，眞高興你看到這些，眞應該寫下來，比你寫我更要好，更値得做。我說「歇」書的海上說夢人已經等了四十年，讓他再等幾年不遲。倒是寫關於您的小說評介，因爲是一鼓作氣寫下來的，遲了也許不行，她聽了又是盈盈一笑。

這時她站起身來，走到廚房裡，替自己泡了一杯「即興」咖啡。她不時用茶匙攪動著，攪得很細。她喝咖啡不擱糖，祇放牛奶。然後又替我端了一杯來。她說一向喜歡喝茶，不過在美國買不到好茶葉，祇有改喝咖啡。我問起爲什麼不請朋友從香港或者臺灣寄點茶葉過來，她連忙說，我頂怕麻煩人家，因爲大家都忙。我什麼事都圖個簡單。說罷，她端起杯子來啜飲了一口。她喝咖啡的姿態，充份說明了所受的教養，很像亨利．詹姆斯一本名叫「波司登人Bostonians」小說的封面，那戴著半截手套的貴婦，一手端茶碟，一手傾側茶杯，杯底向著人，極其優雅。

順便問起她起居飲食的情形，她微揚著臉說：大概每天中年起床，天亮時才休息。這習慣養成很久了——的確是作家的習慣。她是和月亮同進退的人，難怪看見月亮的次數，較常人爲多，所以她小說裡有關月亮的意象，特別的多，也特別的玲瓏。

至於食物，一天祇吃半個English muffin（一種類似燒餅的食品），以前喜歡吃魚，因爲怕血管硬化，遵醫囑連魚也不吃了。我猜她大概喜食零食，將一天需要的消耗量，一點一點分開來吃，因爲零食一道，也很會飽人的。她說她患有一種High cholesterol病的可能性，還有一種「感冒」舊病，發起來可躺在床上，幾天不吃飯，因爲吃了都吐了出來。但是口渴卻很難耐。說著，一杯咖啡已經飲完，她又去替自己斟了一杯來。她說她一喝起咖啡，便喝個不停。

從「歇浦潮」，很自然地，談到了「海上花」這本說部。我說「海上花」文筆雖然乾淨俐落，可惜太過隱晦，很多地方交代不夠明白。她認爲是：譬如詩婢蘇冠香便是一例。她又用手比劃著說：「像紅樓有頭沒有尾，海上花中間爛掉一塊（她說時雙手比成一個圓圈），都算是缺點。」她說話時運用的詞彙很特別，像她形容三〇年代的小說，老喜歡「拖一條光明的尾巴」。又單用「戲肉」二字，來形容小說中的精采部份，都使我感到新奇而怔忡。

我又批評「海上花」的對話全部用蘇白，也不是很寫實的，誰敢保證書中人，個個都祇會說蘇州話呢？她頗不以爲然，因爲作者韓邦慶祇會說蘇白，不會道京腔，而且他在模擬蘇白時，經過一番「再創造」，並不容易。我又說「海上花」如果用「歇浦潮」的方式寫出來，可能會更成功。但是，她連忙接口說，「歇」書寫成的時候，都快民國十年了，而「海上花」卻是滿清末年的作品。

接著我又批評作者寫陶玉甫、李漱芳的戀愛，太過「溫情理想化」，再插上妹妹李沅芳，整天歪纏著「姊夫」陶玉甫，看來非常的「假」，令人不耐。因爲，沅芳雖是清倌人，卻是在「堂子」裡長大的，耳濡目染，不可能天眞成那樣，最後連姊姊的死都弄不明白，以爲她是去做客，過幾天還會回來的。她卻認爲：就李漱芳母女開堂子的作風來看，可能會產生出沅芳這樣的雛妓來。這也是「海上花」的主旨之一，是描繪形形色色的妓女，並不僅限於暴露人性的黑暗面，像「歇浦潮」那樣。我又說，根據自己的看法，彷佛李漱芳一半是她妹妹氣死的，因爲眼看著沅芳和玉甫親熱，心裡氣不過，嘴上又說不出來，積鬱成疾，這自然是「弗洛伊德」派的看法。她聽到這裡，始先微微一驚，然後突然大笑起來，一面笑，一面說，這話讓志清（夏先生）聽見了，一定會詫異。這使我感到非常怔忡，事後仔細一想：大概她認爲我這個人固執得可以，看小說從一個先入爲主的觀點出發，不太從容，顯得霸道。這也許因爲「海上花」一書，我沒有她看得那樣仔細透徹。

談起她自己的作品，她說早年的東西，都不大記得了，「半生緣」最近重印過一次，記憶還算新。「傾城之戀」難爲你看得這樣仔細，不過當年我寫的時候，並沒有覺察到「神話結構」這一點。她停了停又說，彷佛每個人身上，都帶有mythical elements的。

我說她每篇小說的意象，怎麼安排得這樣好？和整個故事的結構、人物都有關係，有時是嘲弄，有時是一種暗示性的「道德批判」，用英文來說，非常dynamic。五四以來的大家我看過一些，很少有人能夠將意象的功效，發揮得像她這樣活潑的。多半祇限於「裝飾」一途。好像連錢鍾書也不例外。像「第一爐香」裡，薇龍的姑媽梁太太，一出場的時候，面紗上爬著一粒綠寶石蜘蛛，後來薇龍進入宅第後，「一抬頭望見鋼琴上面，有一棵仙人掌，……那蒼綠的厚葉子，四下裡探著頭，像一窠青蛇；那枝頭的一捻紅，便像吐出的蛇信子。」還有園遊會過後，薇龍陪同姑媽一同進餐，因爲彼此找到了新的男朋友，心裡歡喜，嘴裡說不出來，兩人同時割切著冷牛舌——這牛舌頭是個dumb brute，像唐人絕句裡的「鸚鵡前頭不敢言」，產生了極深的嘲弄意趣，眞難爲她設想得這樣週到！她聽到這裡，說，你看得眞仔細！要不是你這樣一說，我完全記不起來了。她頓了一頓又說：我的作品要是能出個有批註的版本，像脂本紅樓夢一樣，你這些評論就像脂批。聽到這裡，我非常感動。

我又問她，在寫「第一爐香」時，有沒有考慮到意象的這層功用呢？這話她沒有作正面答覆，祇說，當時我祇感到故事的成份不夠，想用imagery來加強故事的力量。

我又侃侃直講下去，像「阿小悲秋」，那蘇州娘姨看來像一個「大地之母」，因爲自始至終，她都在那裡替主人洗衣服、整理房間，彷彿有「潔癖」似的。故事結尾時，她發現「樓下一地的菱角花生殼，柿子核與皮。」她還忿忿不平地想著：「天下就有這麼些人會作髒，好在不在她範圍之內。」寫得眞是好！她聽到這裡，爽朗地又笑了起來。她的笑聲聽來有點膩搭搭，發癡嘀嗒，是十歲左右小女孩的那種笑聲，令人完全不敢相信，她已經活過了半個世紀。從笑聲裡，我覺察到她是非常偏愛「阿小悲秋」的。

隨即談到了「紅玫瑰與白玫瑰」。她說「傳奇」裡的人物和故事，差不多都「各有其本」的，也就是她所謂的documentaries。我說這篇故事充滿了嘲弄和諷刺，像紅玫瑰表面上像個「壞」女人，其實很忠厚，作者對她非常同情；而佟振保卻是個道道地地的僞君子，作者暗中對他下了一道「道德制裁」。她說道德制裁不至於。佟振保是個保守性（她用英文說，便是Conventional）的人物。他深愛著紅玫瑰，但他不敢同她結婚，在現實與利害的雙重壓力下，娶了白玫瑰——其實他根本用不著這樣瞻顧的，結果害了三個人，包括他自己在內。她很抱歉地說，寫完了這篇故事，覺得很對不住佟振保和白玫瑰，這兩人她都見過，而紅玫瑰衹是聽見過。我想她言外之意是說她對於佟和白玫瑰二人的要求，太過嚴苛了，不夠寬厚。

不知怎麼，又談到了「半生緣」。我說世鈞和曼楨戀愛這件事，叔惠像是完全蒙在鼓裡，似乎與實情不符。因爲，據我所知，男人在愛情方面，嘴最敞了，對於好朋友的羅曼史，多半很清楚，而且好奇心重，不至於像叔惠那樣，對曼楨漠不關心。她說三〇年代的男性，一切都學西方，連戀愛的方式也一律模仿，所以叔惠才顯得那樣瀟灑。這一點我們爭持甚久，她也相當執拗，結論是她對於現代的許多事情，太過隔膜了。不過當我談到阿寶這個角色，塑造得不夠逼眞時，她一口承當下來。因爲，我說，當曼璐裝病，設計騙取曼楨到她家中時，阿寶表演得太過「逼眞」了，簡直是個演員，不像傭人；儘管事前她是知情的，曼璐也不可能像導演那樣，將她排練得那樣好，而且，事實上也絕不可能。這一點她完全承認，因爲遷就故事，權且將阿寶「利用」一下。

同時，我又告訴她，不太滿意「秧歌」的結局。因爲動作太多了，近乎鬧劇化，沖淡了故事的「抒情」主調。她聽到這裡，連忙說，這些都該寫下來，寫批評如果淨說好的，很容易引起別人的反感，結果人家失去對你的信賴。

接著，她主動告訴我：「赤地之戀」是在「授權」（Commissioned）的情形下寫成的，所以非常不滿意，因爲故事大綱已經固定了，還有什麼地方可供作者發揮的呢？不過，我說仍然喜歡戈珊這個角色。她說戈珊是有這樣一個人的，雖然也是聽人說起，自己並沒有見過。

談到這裡，她已經喝完第四杯咖啡了。

話題轉到五四以來的作家。她說非常喜歡閱讀沈從文的作品，這樣好的一個文體家。我說沈的短篇不錯，有些地方，簡直就是杜斯妥也夫斯基，她聽著笑了起來。但是，我認爲沈的長篇「長河」並不成功，看來不像小說。她說沒有看過。至於老舍的「駱駝祥子」，我說早年讀的時候，非常鍾意，她卻不以爲然，她認爲還是老舍的短篇精采。錢鍾書呢？她祇看過「圍城」，沒有碰過他的短篇。所以，當我提到「半生緣」有些地方，跟錢的一篇「紀念」，甚爲類似時，她認爲祇是「偶合」。我又說「圍城」當然寫得很好，可惜太過「俊俏」了，用英文說，便是too cute，看第二遍時，便不喜歡了。她聽到這裡，又笑了起來。看來她贊成我的看法，我接著還告訴她，還喜歡吳祖緗——這個名字她聽著陌生，她說在大陸上，祇知道有個劇作家，叫吳祖光的，非常有名，這人後來被「斗」掉了。談到魯迅，她覺得他很能暴露中國人性格中的陰暗面和劣根性。這一種傳統等到魯迅一死，突告中斷，很是可惜。因爲後來的中國作家，在提高民族自信心的旗幟下，走的都是「文過飾非」的路子，祇說好的，不說壞的，實在可惜。

臺灣作家，她看過朱西寧的「鐵漿」，我說「鐵漿」寫得很好，她說，「噯」。還有康芸薇的「新婚之夜」，她叫得出名字來，認爲寫得很colorful。康的其他的一些作品，她說沒有留下很深的印象。

她手邊經常收到兩份臺灣出版的雜誌：「幼獅文藝」和「皇冠」。她說看「幼獅文藝」，喜歡看翻譯小說，她清晰地說出劉慕沙，朱西寧太太的名字。

她又認爲臺灣作家聚會太多，是不好的。作家還是分散一點得好，避免彼此受到妨害。我說故世的夏濟安先生，也提過這一點，曾經在一篇英文文章裡，說臺灣作家，不是隱士，是「聲名狼藉的朝夕聚會的社交家 notoriously gregarious。」

至於西洋作家，她謙虛地說看得不多。祇看過蕭伯納，而且不是劇本，是前面的序。還有赫胥黎（Aldous Huxley），韋爾斯（H.G. Wells）。至於亨利・詹姆斯、奧斯汀、馬克吐溫則從來沒有看過。我不免奇怪：她沒有看過太多的英文作品，爲何英文寫得這樣好？她的「秧歌」和「怨女」都有英文本，後者加大語言系主任大爲推崇，認爲英文寫得好極了。

然後她告訴我，平常喜歡看通俗英文小說的，啞謎立即打破了。她看了不少James Jones的小說，對於作者和女經紀人之間的微妙關係，非常感到興趣。因爲女經紀人是有夫之婦。她和丈夫兩人，協助Jones 成名，不遺餘力，丈夫一點都不妒忌，甚至Jones 把他跟女經紀人之間的一些艷祕，寫進小說裡去，丈夫也不介意。這使我立即聯想起：早年上海的百萬富翁哈同，跟太太羅迦陵和親密「戰友」姬覺彌之間的關係，也很能引人入勝。作家有時往往「小」題「大」作，見人所未見，是「紅樓夢」裡說的「情哥哥偏尋根究底」，張愛玲似也不例外。

閱讀對於她來說，已成爲第二生命，彷彿活在空氣裡一樣，她說。她引用業已逝世的丈夫**Reyher**的話說，**Ferd**常說我專看「垃圾」**trash**！說完又笑了起來，像是非常的應該。

此所以她對於張恨水，嗜之若命了。

關於「紅樓」，她說一俟工作在六月份結束後，便準備用英文寫一篇考證，同時接下去，把英譯「海上花」的工作做完。像「紅樓夢」，她認爲不止寫了十年，因爲曹雪芹拆開了重訂，又再拆閱。她用手不斷比劃著對我說。她說曹大概死於四十七、八歲，所以「紅樓」沒完。

我問起她寧府和東府裡住家分配的情形，因爲讀的時候一直模糊，她說這一點作者沒有交代清楚，不像大觀園那樣，還有藍圖。我又說「紅樓」讀起來像是許多小故事的串連，不像狄更司或者「海上花」，分多線進行，脈絡起伏；像是「弄小巧借劍殺人」一章，描寫鳳姊毒害尤二姊，作者因爲想在一、兩章內，圓滿結束，不免有一種擠迫的感覺，譬如秋桐這個丫頭，像是憑空裡掉了下來，有加希臘神話裡，機器中搖出來的神仙。這是因爲作者處理的手法，戕賊了故事的可信性。她說，嗳，好像秋桐後來也不見了，沒有交代。但是，她接著說，當時一切都在草創之中，連白話也不夠用，許多字彙都是曹雪芹自己創造出來的。

從「紅樓」移花接木，接枝到「金瓶梅」上。我說讀「金瓶梅」，總覺得面對著一個紙糊的世界，樣式看來假得很。她聽了頗感詫異，好像一個人怎麼能夠欣賞「紅樓夢」和「歇浦潮」，唯獨走不進「金瓶梅」的世界裡去？我說像吳月娘這種缺乏酸素的女人，實在少見。她認爲好便好在這裡，吳月娘對於潘金蓮、李瓶兒等姨娘的態度，表面上似乎毫不妒忌，那是因爲當時的社會傳統，不得不如此。但是，月娘有時說起話來，也會酸溜溜的，這使得吳月娘充滿了「曖昧性」（她用英文說，便是ambiguity），所以是更近乎人性的。她接著又指出，每當她讀到宋蕙蓮、以及李瓶兒臨終兩段，都要大哭一場。但是，我堅持說，「金瓶梅」寫得甚爲粗糙，而且寫來寫去，無非是西門慶如何又娶了個姨太太，成了固定公式，看多了會令人起膩。她說西洋故事裡，不也有唐璜嗎？我又接下去說，很多人看「金瓶梅」，無非垂涎其中猥穢的部份罷了。她說看過「潔」本，仍然覺得很好。

談到她自己作品留傳的問題，她說感到非常的uncertain（不確定），因爲似乎從五四一開始，就讓幾個作家決定了一切，後來的人根本就不被重視。她開始寫作的時候，便感到這層困惱，現在困惱是越來越深了。

使我聽了，不勝黯然。不過，一個作家實在無法顧忌這些，她說，我現在寫東西，完全是還債——還我欠下自己的債，因爲從前自己曾經許下心願。我這個人是非常stubborn（頑強）的，她又補充一句；像許多洋人心目中的上海，不知多麼彩色繽紛；可是我寫的上海，是黯淡破敗的。而且，她用手比劃著，就連這樣的上海，今天也像古代的「大西洋城」Atlantic，沉到海底去了。她說這話的時候，有一種玉石俱焚的感慨。

她隨即問起我寫東西時的情形來。我說自己寫創作的時候，很慢很苦，弄到最後，厭煩到了極點，甚至想將它扔掉。當然登出來以後，又不一樣，因爲換了一副面貌了。她笑了起來說，她不是這樣的，她寫作的時候，非常高興，寫完以後，簡直是「狂喜」！她用嘹亮鏗鏘的音調，說出「狂喜」兩個字。我想她的作品，爲何這樣感動人，大概和「狂喜」有極深極密的關係吧！

她說寫過一部英文小說，兜來兜去找不到買主，預備將它翻出來；不過有些地方還得改。另外用中文寫的軍閥時代的長篇小說，寫了一半擱下來了，也想把它趕完。還有兩個短篇，亟待整理出來。她要想寫的東西太多太多，不過她不大喜歡談尚未完成的東西。

又譬如美國人的事情，我也想寫的，她說。「哦？」我有點不敢相信。但隨即想起她的「第二爐香」，人物完全是香港一地的英國人，便不再詫異了。不過，我寫的東西，總得醞釀上一、二十年，她又說，我問是不是要寫這麼久呢？她說不，是指要隔這麼久才寫得出來。

從她的三層樓公寓辭別出來，已經凌晨二時半了。這次會面，足足談了七小時。然而仍有很多話，覺得沒有說出來。是她說的，像這樣的談話，十年大概衹能一次！又說朋友間會面，有時終身衹得一次。那麼，我應當感到十分滿意了。走向清空明亮的柏克萊街頭，手裡捧著她親筆題贈的「怨女」英文本，和Chanel No.5香水，刹時間，它們幻化成爲珍貴的歷史性的「南朝金粉」和「北地胭脂」（「怨女」英文名）。我想張愛玲很像一隻蟬，薄薄的紗翼雖然脆弱，身體的纖維質素卻很堅實，潛伏的力量也大，而且，一飛便藏到柳蔭深處。如今是「西陸蟬聲唱，南冠客思深」的時候。又想起「第二爐香」裡，描寫一個人極大的快樂，「在他燒熱的耳朵裡，正像夏天正午的蟬聲，『……吱……吱……吱』一陣陣清冽的歌聲，細，細得要斷了；然而震得人發聾。」是的，蟬聲是會震得人發聾的。

這不正是張愛玲的寫照麼？

夜訪張愛玲補遺

「夜訪張愛玲」一文刊出後，事隔半年多，忽然發現有些片段忘了寫進去，似有遺漏之嫌，現在補記在下面，用饗「張迷」……

書桌：張女士的起居室，有餐桌和椅子，還有像是照相用的「強光」燈泡，唯獨缺少一張書桌，這對於一個以筆墨聞世的作家來說，實在不可思議。我問起她爲什麼沒有書桌？她回說這樣方便些；有了書桌，反而顯得過份正式，寫不出東西來！我想起自己見識過的留美學人或者作家的書房，千篇一律一張四四方方大書桌，四圍矗立著高高低低的書架，堆滿了書，中、西文並列。祇有張女士的書房例外，看不到書架和書桌。不過，她仍然有一張上海人所謂「夜壺箱」，西洋稱之爲「night table」的小桌子，立在床頭。她便在這張夜壺箱上，題寫那本她贈送給我的英文書「怨女」。

「怨女」：她說這本書在英國出版後，引起了少數評論，都是反面的居多。有一個書評人，抱怨張女士塑造的銀娣，簡直令人「作嘔」（revolting）！這大概種因於洋人所接觸的現代中國小說中的人物，都是可憐蟲居多；否則，便是十惡不赦的地主、官僚之類，很少「居間」的，像銀娣這種「眼睛瞄法瞄法，小奸小壞」的人物，所以不習慣。

初次見到她時，我連連說著，您跟我想像中的不一樣，這句話讓她聽了，引起很深的刺激，儘管她當時是滿臉堆著笑，聽我說著自己的觀感；因爲她後來在寫給夏志清先生的信上，曾經提起這件事，說我看到她後，簡直shocked（震呆了）！其實不然——也許恰恰相反！我想像中的張愛玲，是個病懨懨、懶兮兮的女人，如果借用李賀的詩句來形容，是「藍谿之水厭生人」，哪像她現在這樣活潑和笑語晏晏！這一層誤會，似乎祇有借用文字才交代得清楚，彷彿連在電話裡也說不明白的。

她雖然不大看嚴肅的西洋作家，但是在夜訪中，她依舊提起了幾個名字，像是Kafka Brecht，還有Harold Pinter。她又說Brecht（德國劇作家）是她丈夫Ferd的好友，這事一直等到Reyher先生故世後，在遺留的信札中才發現的。她並且說很歡喜閱讀Pinter的劇本，覺得不錯。我說看過Pinter的「The Care taker」，「The Homecoming」等，認爲「不怎麼」。Brecht的戲，我則印象淺淡，也許看過，記不得了。張女士同時跟寫「冷血」出名的英國暢銷作家Truman Capote也通過信。

「流言」裡有一篇小文：「說胡蘿蔔」，全文如下：

有一天，我們飯桌上有一樣蘿蔔煨肉湯。我問姑姑：「洋花蘿蔔跟胡蘿蔔都是古時候從外國傳進來的吧？」她說：「別問我這些事。我不知道。」她想了一想，接下去說道：

「我第一次同胡蘿蔔接觸，是小時候養『叫油子』，就餵牠胡蘿蔔。還記得那時候奶奶（我的祖母——『應是李鴻章的千金』）總是把胡蘿蔔一切兩半，再對半一切，塞在籠子裡，大約那樣算切得小了。——要不然我們吃的菜裡是向來沒有胡蘿蔔這樣東西的。——爲什麼給『叫油子』吃這個，我也不懂。」

我把這一席話暗暗記下，一字不遺地寫下來，看著忍不住要笑，因爲祇消加上「說胡蘿蔔」的標題，就是一篇時髦的散文，雖說不上沖淡雋永，至少放在報章雜誌裡也可以充充數。而且妙在短——才起頭，已經完了，更使人低迴不已。

對於上面這篇小文，我的解析是；作者因爲家道中落了，借用胡蘿蔔一事，來抒發「今不如昔」的感慨。張女士卻不以爲然，她有另外一種說法，而且在日後的信件上，還鄭重道及這一事，她這樣寫：

「……忽然記起『說胡蘿蔔』那篇，我姑姑說從前只餵叫油子，是指吃菜習俗的變遷，因爲中國人從前不吃胡蘿蔔、蕃茄等。不是說家道式微。」

不知讀者看法如何？是從張女士之說呢，還是拙見？

她又告訴我：「流言」這一次問世時，印了兩千本，用的紙張，是她「囤積」在家的白報紙。那時候上海淪陷在敵人手裡，紙幣不值錢，家家戶戶都「囤」貨，她便「囤」了一點白報紙，還有一個越劇名女伶「囤」了一院子的舊鐵條；她說連晚上也睡在白報紙上面，這使我聽了，覺得非常新鮮有趣。

「半生緣」則費時一年才寫成功。

張愛玲的處女作

張愛玲的處女作「我的天才夢」，是一篇近乎「流言」體的散文，發表時間應當追溯到民國三十一年。大概是當年年初吧，上海的一家通俗暢銷雜誌「西風」徵文，題目廣義地規定爲「我的生活」，而應徵者可以在「我的——」名目下，狹義地遊刃一番，用夫子自道的方式，掏出自己職業生活的甘苦，譬如「我的地底生涯」（指礦工），「我的腳底」（指舞女），而張愛玲寫的，是她被人讚美爲「天才」——她自己也有點「意意思思」地覺得，而肩荷的種種痛苦。

西風雜誌在民國二、三十年間流行於上海，主編彷彿是黃嘉德。如今久居美國的喬志高，也常常在這份刊物上撰稿，趣味當然是綜合性的，兼顧到一般讀者，而不以文學或者純文藝爲標榜，迥異於張女士所謂的「同仁」雜誌。記得我前年夜訪時，第一次乍聽到「同仁雜誌」這個名詞，覺得她用詞非常眞切灼人，不免聯想到臺灣好一些銷路不暢、近乎冷僻的雜誌，都是同好或者文藝青年們集資辦的同仁雜誌，遂情不自己地笑了起來。

西風既然不是同仁雜誌，就祇好面對大衆，於是成爲文人雅士的譏諷對象。像錢鍾書，在他所撰的「圍城」長篇中，有一節寫到洋買辦的客廳，便信手拈出「一大堆的『西風』」，來汗牛充棟其間。其實，錢鍾書雖然讀通了拉丁文，卻回過頭來，大加嘲笑、極力挖苦翰墨不通的洋買辦，以及其人粗鄙的美式英文，也嫌略傷忠厚，因爲他忘了，自己是在那裡「一百步笑五十步」而已。又說不定他是讀不懂艾略特的詩吧，竟然毫不客氣地鄙薄他，先將這位不是正統英國裔的詩人，譯名易爲「愛利惡德」——是諷刺艾略特愛錢，還是文人無行？後來又讓小說中的一個「書獨頭」曹元朗，吟出下面一節「拼盤姘伴」體的歪詩來：

「昨夜星辰今夜搖漾於飄至明夜之風（二）

圓滿肥白的孕婦肚子顫巍巍貼在天上（三）

這守活寡的逃婦幾時有了個新老公（四）？

jug! Jug!（五）污泥裡——Ef Ango e il mondo!（六）」

通篇「圍城」，便充滿了這種「裔你克」（cynic）式的冷嘲熱諷。說也奇怪，錢鍾書把任何一種國籍的人（尤其是中國人）都笑遍了，唯獨不笑英國人，原因很簡單，因爲錢自己是牛津出身的，爲了顏面攸關，不得不採取較爲保留的態度。這一種笑人不笑己的「射他耳」（satire），實在毫無幽默可言，令人難以接受，此所以錢自詡萬能，唯獨寫不出一本流言式的散文集來，因爲他那種雀兒揀高枝飛、鳥瞰衆生相的高級勢利作風，是碰都不能碰一下自己的毫毛的！

話題扯遠了。卻說「我的天才夢」參加徵文，並沒有得到頭獎，祇博得個特別獎，在民國三十一年（記不清楚是哪一月了？）出版的西風上，和其他兩位得獎人，同時刊登出來。我看見這篇文章時，是在五年前溫哥華的卑詩大學，現在很後悔，當時不曾影印一份；否則又可以像周瘦鵑的「寫在紫羅蘭前面」，情商中國時報再刊一遍，用饗同好。

「天才夢」一文大概兩千字還不到。當我初讀時，已經把張女士的全部作品（祇差一部「半生緣」）看熟了，仍然感到震驚不已！她的確是不出山則已，一出山便是一記殺手鐧！「天才夢」是一個敏感的少女，有關自己早熟早慧的一篇自白。然而，很奇怪地，隔著作者三十多年的創作生活來看，當今仍然具備X光那種透視作用；如果讀者有意研究張氏的全部作品，這篇處女作仍然不容錯過。作者此時正當胡蘭成所說的，是「衣服與身體兩相叛逆」的青春期；再加上滿溢的天才，恰如一位天璜貴冑，卻謫居在尋常布衣家，那種痛苦與挫磨，也就非常人可比了。她說在日常生活中，對於顏色、氣味和音樂，非常敏感，寫文章，她喜歡用華美的字眼，像婉妙，**splendor**；又喜讀聊齋。但是，就像前面所引「衣服與身體」的比喻那樣，她的生活，和她的天才，是牛角牴死的。她的母親教給她一本「淑女須知」：教她如何微笑，如何走路時擺動的幅度不能太大；教她如何結毛衣，出門的時候，要善伺人色，結果統統失敗了。因爲，根據她的自供，她在一間屋子裡住了三年，結果弄不清楚電燈開關在哪裡？她一笑起來便是大笑，從來學不來巧笑；走路也不合淑女的節拍。所以，她的結論是：儘管她懂得享受鹽水花生，看七星趕月，雨夜街燈，聽蘇格蘭風笛，對於她，在生活與天才之間，無法取得纖穠中度的和諧時，

「生命祗是一襲華美的袍子，爬滿了蝨子。」

末一句自然是一句警句：美醜對立的意象，跌宕瀟灑，配合得好極了！和日後她小說或者散文中的那些婉妙精緻的意象比較起來，絲毫不見遜色，甚至略有過之，而無不及！同時，作者甫在中國文壇登場，便等於替自己的終身結果，作了預言式的宣告：她在現實生活中，可能是個失敗者，因爲天才替她披上一襲華美的袍子；生活卻惡作劇地，在袍子的夾縫和裡子裡，布滿了蝨子，使她感到（利用她自己在「談跳舞」一文中的說法）「奇癢難堪，高而尖的，爬抓聒噪。」

所以，西洋人有句老生常談：「天才是長久的受苦。」一點都不假！在

一切的是非成敗轉眼成空以後，天才留給世人的，是些什麼呢？是「滿紙荒唐言」麼？還是像「金鎖記」裡的一句話，是「朵雲軒信箋上落了一滴淚珠，陳舊而迷糊」麼？

（一九七三年元月二十八日寄自美東）

作者附誌：

我想借這個機會告訴讀者：「張愛玲的小說藝術」這本評論文集，未能按照預定日期，跟大家見面，這個錯不在大地出版社，而錯在我本身。原先我準備把拙作「拋磚記」中評論張女士的三篇文章騰挪出來，和這本新書合併出版的，結果因爲版權歸屬問題，未能如願。在出版界充斥著盜印翻印等劣行，作者爭相剽竊別人作品，又恬不知恥，絕不認帳的今天，國內能有出版商挺身出來，維護自己的版權，毋寧說是一件好事才對！「小說藝術」因而脫期出版，讓我獨自多攬點腦汁，多寫一兩篇評文，也是應該的。這樣，一本新書裡裡外外全是新的，沒有一件是裝著隔宿溫吞水的新瓶，想必讀者把書拿在手裡的時候，份量會不同些；而作者私底下的那種欣喜，更是不同了。

試論張愛玲「傾城之戀」中的神話結構

顧名思義，是凡讀到「傾城」之類的題目，我們一定會聯想起中國歷史上，一些禍國殃民的美人來，像是褒姒、妲己、和楊貴妃之類。張愛玲寫「傾城之戀」其構想思路，首先一定循著這一觀點出發，是毋庸異議的。不過張一向欣賞「反高潮」，覺得「在艷異的氣氛下，人性會呱呱地叫起來。」①「傾城之戀」寫的正是反高潮：一個二十八歲離了婚的女人，在一次香港戰爭中，擄獲了她的愛情戰利品——一個三十二歲的花花公子，女主角「白流蘇並不覺得她在歷史上的地位有什麼微妙之點。她祇是笑吟吟的站起身來，將蚊煙香盤踢到桌子底下去②。」

這是極其「現代」的看法。自從法國大革命以來，王侯將相逐漸沒落，終於像張在文中所言，「被吸收到硃紅灑金的輝煌的背景裡去。」而這幅背景，有如平劇中的一堂「守舊」：金翠悅目，用來烘托現在才子佳人間發生的愛情，使得在它重疊反射的透視下，產生既陰暗又明晰的效果來。借用王維在「鹿柴」一詩中的說法，這一種技巧，便是「返影入深林，復照青苔上。」二十世紀初期的幾本大小說，像是喬哀思的「尤里西斯」，福克納的「八月之光」，都曾經先後以希臘神話、耶穌一生的事蹟爲底，曲曲描出現代人（反英雄）的悲歡離合。而張在三十年前的上海（時當民國三十二、三年），以及笄未久的華年，居然和西方作家發生這種神奇的契合：天人妙機，福至心靈（我不相信她當時細看過「尤里西斯」和「八月之光」），誠不令人咋舌！

這篇文章所要討論的，便是張愛玲如何以古代的美人，來烘托比照她筆下的白流蘇——一個無足輕重、窮遺老的女兒，以及張愛玲如何在不動聲色的情形下，舉重若輕地完成了她的使命。套一句西方的陳詞，本文專注的一點，是「傾城之戀」中的「神話結構」（Mythical structure）。

五四以來，寫男性心理最入微的，當數張愛玲「紅玫瑰與白玫瑰」中的佟振保，因爲這一點不在本文的討論範圍之內，容他日再論。白流蘇是屬於她那一時代，而又超越那一個時代的，是實寫虛寫兼而有之的人物，所以包括有兩重層次：一層寫實，一層象徵（神話），白流蘇的複雜與多面性，種因於此。儘管白流蘇本身，並沒有像佟振保那樣，具備了種種矛盾與戲劇性的衝突，供人玩味之處甚多。

白流蘇出場的時候，是有胡琴伴奏的，作者似乎有意引起讀者聯想，白是京戲裡的一個女主角——一個沒有時空拘束的典型中國美人：

> 胡琴上的故事是應當由光艷的伶人來搬演的，長長的紅胭脂夾住兩片瓊瑤鼻，唱了，笑了，袖子擋住了嘴……（頁一三五）

然而白流蘇儘管蘊藉了古代美人的風華，一方面又是兵荒馬亂中設法自全的小婦人，作者借著女主角對鏡自憐的一段，隨隨便便，對於這兩種「相反相成」的個性，譜造了幾句：

> 陽臺上，四爺又拉起胡琴來了，依著那抑揚頓挫的調子，流蘇不由的偏著頭，微微飛了個眼風，做了個手勢。（頁一四〇）

這時候，「她對著鏡子這一表演，那胡琴聽上去便不是胡琴，而是笙簫

琴瑟奏著幽沉的廟堂舞曲。她向左走了幾步，又向右走了幾步，她走一步路都彷彿合著失了傳的古代的音樂的節拍。」（頁一四〇）

白流蘇此刻在意象的昇華下，完全變成了古代廟堂中的美人，可以和飛燕、合德、太眞、小憐等后妃並列。然而她在這一地位上並未流連忘返，因爲：

她忽然笑了——陰陰的，不懷好意的一笑，那音樂便戛然而止。外面的胡琴繼續拉下去，可是胡琴訴說的是一些遙遠的忠孝節義的故事，與她不相干了。（頁一四〇）

「陰陰的，不懷好意的一笑」——在這裡，作者一方面遠兜遠轉，又把白流蘇帶回了人間；另一方面，又巧妙地帶進了白流蘇性格上陰暗的一面，也就是兇殘的一面。古代的美人，多半帶有殺氣，所謂紅顏禍水，馬羅在「浮士德與魔鬼」一齣戲裡，著名的一句詩：

A face that launched a thousand ships.

「一張臉發動了千條戰艦」，說明了中外通例：佳人不祥。白流蘇既然具有了古代美人的半張臉，自然帶有殺氣，儘管在明處，她處處讓人，頗善低頭（低頭是白流蘇不經意的一個小動作，作者經常強調這一點），尤其對於范柳原，她動員了千秋以來積累的婦德，忍辱含垢地，進行她的持久戰。這一點柳原看得最爲透徹，當流蘇低下頭去的時候。

柳原笑道：「你知道麼你的特長是低頭。」（頁一四六）

流蘇是在舊家庭中長大的，習慣了「做作」，於是，

流蘇抬頭笑道：「什麼？我不懂。」柳原道：「有的人善於說話，有的人善於笑，有的人善於管家，妳是善於低頭的。」（頁一四六）

善於低頭的人不見得是無用的人，當流蘇自謙是個「無用」的人時，柳原當面便搠破了她：「無用的女人是最厲害的女人。」（頁一四六）

這個既無用又最厲害，從古代傳奇中姍姍步出的佳人，渾身帶有極重的殺氣：白流蘇的丈夫，先她而死不說；她走到哪裡，那兒的自然景色，便給薰染上一層殺戮之氣。她從上海乘船到香港那天，倚在甲板上看海景：

那是個火辣辣的下午，望過去最觸目的便是碼頭上圍列著的巨型廣告牌，紅的、橘紅的、粉紅的，倒映在綠油油的海水裡，一條條，一抹抹刺激性的犯沖的色素，竄上落下，在水底下廝殺得異常熱鬧。（頁一四五）

還有月光下的那堵牆，「極高極高，望不見邊。牆是冷而粗糙，死的顏色。」因爲太過明顯，茲不多贅。

殺氣，陰陰的不懷好意的一笑——此外，在故事進行到三分之二的時候，作者又讓白流蘇「陰暗」的另一面，在月光下失魂一般現了一現，那次是她接受了柳原的電邀，再度到香港來，正式成爲柳原的情婦。晚上，她在浴室裡卸了妝，摸黑走到房間裡來，這次又是在鏡子前面，使人聯想起愛麗斯進入奇境前的一段對鏡：

……海上有點月意，映到窗子裡來，那薄薄的光就照亮了鏡子。流蘇慢騰騰摘下了髮網，把頭髮一攪，攪亂了，夾叉叮鈴噹郎掉下地來。她又戴上網子，把那髮網的梢狠狠的啣在嘴裡，擰著眉毛，蹲下去把夾叉一隻一隻撿了起來……（頁一五八）

這時候的白流蘇，一反平日低眉善目，「在月光中……那嬌脆的輪廓，眉與眼美得不近情理，美得渺茫」的模樣，變得簡直有點面目猙獰，像是聊齋「畫皮」中的女鬼，又像平劇「活捉張三郎」中的閻婆惜，哪有一丁點兒「美得不近情理，美得渺茫」的氣概？

古代傳奇中的佳人，因爲殺氣太重，使接觸的人，輕則家翻宅亂，像「醒世姻緣」中的薛素姐；重則引起自然界的災害，如「水漫金山」中的白素貞，因之常常被目爲妖淫轉世，禍害投胎。而她有時候的確熟諳法術，可以呼風喚雨，興妖作怪。「傾城之戀」寫的是「反高潮」，流蘇不是正面的紅顏禍水，但是她一樣具有「法術」，可以助她轉危爲安，自求多福。張愛玲兩度借用流蘇點燃蚊煙香的場面，來烘托她的無邊「法力」：

第一次是白流蘇初遇范柳原的晚上，她利用陪伴七妹相親的機會，搶走了大家心目中虎視眈眈的目的物——柳原。回家以後，和她同住一房間的七妹，早已氣得上床去睡覺。她卻不慌不忙，蹲在地下摸著黑點蚊煙香。陽臺上三嫂、四嫂的惡言冷語，雖然聽得清清楚楚，可是她這次卻是非常的鎭靜：

擦亮了火柴，眼看著它燒過去，火紅的小小三角旗，在它自己的風中搖擺著，移，移到她手指邊，她噗的一聲吹滅了它，衹剩下一截紅艷的小旗桿，旗桿也枯萎了，垂下灰白蜷曲的鬼影子。她把燒焦的火柴丟在煙盤子裡。（頁一四三）

第二次是在故事結束之時，「香港的陷落成全了她，成千成萬的人死去，成千成萬的人痛苦著，跟著是驚天動地的大改革……」（頁一六六）可是流蘇衹是「笑吟吟的站起身來，」重複一遍她毫不驚人的魔術：她又點了一次蚊煙香，「將香盤踢到桌子底下去。」（頁一六六）——這一姿勢極其流利瀟灑！

流蘇勝利了。現代的佳人，沒有在驚天動地中粉身碎骨，像楊貴妃在馬嵬坡前被縊死；相反地，她在風雨飄搖中站了起來。故事中另外一個傳統中的古代佳人「翻版」——薩黑夷妮公主，因爲錯生了時代，在變動中倒了下去。這一點，張愛玲憑著卓越的手法，讀來令人渾然不覺；仔細辨認之下，薩黑夷妮絕不是一個閒角，而是一個反襯流蘇的重要人物——請注意作者在薩黑夷妮公主的名字中，嵌進一個「黑」字，和白流蘇的「白」，恰恰成爲一雙反義字，這一點使人想起霍桑故事裡的女主角，常常被劃分爲黑美人和白美人。換一句話說，薩黑夷妮便是白流蘇的另外一個「投影」，此所以白流蘇初履香港，立即在旅館的走廊上遇見了她，彷彿「紅樓夢」裡的兩句偈語：「青梗峰下倚古松，入我門來一笑逢。」

第一次薩黑夷妮是背面出場——這一種手法，往往是戲劇裡介紹重要人物出場的一記絕招：借著流蘇的眼，讀者祇看見范柳原在陽臺上（那兒搭著絮籐花架，曬著半壁斜陽），同一個女人說話。那人「披著一頭漆黑的頭髮，直垂到腳踝上，腳踝上套著赤金扭麻花的鐲子，光著腳，底下看不仔細是否趿著拖鞋，上面微微露出一截印度式桃紅縐褶窄腳褲。」（頁一四六）

第二次是在當天晚上，香港飯店的接風宴上，這次流蘇有機會，驗明了「正身」：祇見薩黑夷妮公主「玄色輕紗氅底下，穿著金魚黃緊身長衣，蓋住了手……她的臉色黃而油潤，像飛了金的觀音菩薩，然而她的影沉沉的大

眼睛躲著妖魔。」（頁一四八）

從一個放大了的角度來看，薩黑夷妮公主便是古印度的天魔女。這是流蘇在香港冒險的全部過程中，唯一見過的勁敵。兩陣對圓之下，有好幾次，柳原險些被薩黑夷妮擄去。但是古印度的天魔女，畢竟鬥不過現代傳奇中的佳人。香港之戰後，流蘇終於正式和范柳原結婚。婚後，兩人在街上買菜，無意中又碰見了薩黑夷妮公主。這時，薩已經落魄了，「黃著臉，把蓬鬆的辮子胡亂編了個麻花髻，身子不知從哪裡借來一件青布棉袍穿著，腳下卻依舊趿著印度式七寶嵌花紋皮拖鞋……她的英國人進了集中營；她現在住在一個熟識的常常爲她當點小差的巡捕家裡。」（頁一六四）

借著白流蘇和薩黑夷妮公主翹翹板式的升降浮沉，張愛玲再一度逼近了她的題旨。這一種寫法無以明之，祇好稱它爲「十面埋伏」；而小說藝術在她這種婉妙的指法運籌下，也就一舉成擒了。

附註：

①見「流言」中的一篇散文，篇名因手頭無書，不詳。

②見「張愛玲短篇小說集」：一九五五年七月香港天風版（頁一六六）以下所引，係依據同一本版本。

在星群裡也放光

——我吟「桂花蒸阿小悲秋」

張愛玲的「桂花蒸阿小悲秋」（下稱「阿小悲秋」），寫的是三十年前的上海，一個蘇州娘姨丁阿小，在洋人家幫傭，二十四小時的生活實錄。我不說遭遇，而云「實錄」，是因爲這種生活，對於阿小而言，不是一種特殊的經驗，因此深具「普遍性」。如果我們觸發聯想，略加引申，也許可以引渡到今日臺北，一個可能發生的故事。

勞動階級的生活，在三十年代的中國文壇，一度甚爲流行，因爲當時左翼空氣的瀰漫，風氣所趨，很少有作家能夠躲避開這一種浸染。以幫傭爲題材的故事，記憶所及，當推魯迅的「祝福」寫得最爲感人！此外吳祖緗在「樊家舖」中，也塑造了另外一種幫傭婦的典型——線子嫂的媽。「祝福」的女主角祥林嫂，秉性柔順婉弱，魯迅爲了要盡量刻劃所謂封建勢力的荼毒，將她寫成一個被動的角色，形成「一面倒」的悲劇，這是由於魯迅心心念念想攻擊的，是當時的社會制度，人物反而形成了次要。祥林嫂在故事開始，劈頭問「敘述者」「人死了以後有沒有靈魂？」這句話，固然達致了令人毛骨悚然的效果，卻不很「寫實」。我懷疑一個愚孥如祥林嫂的鄉下女人，會吐出這樣文藝腔十足的名詞來！但是，當時的左翼批評家，護短之餘，從沒有人挺身出來，指責魯迅這句話寫得不當！吳祖緗的線子嫂的媽，同樣受到左翼理論的催生。這個虎婆似的老婆子，因爲長期在有錢的官宦人家幫傭，學會了從錢眼裡看人，回過頭來，看不起自己務農而又守本份的女兒女婿，最後終於爲女兒所弒！吳祖緗才氣淵博，使人讀後非常感動，覺得故事是可能發生的。仔細一想，作者還是遠兜遠轉地，替左翼的教條理論做說客。在暴露了「媒婆」的身分後，讀者有一種被欺誑的感覺，因爲媒婆總是花言巧語，而又心懷叵測的；不是幫這邊，便是幫那邊，所貪圖的，無非是一筆豐厚的謝媒金！

張愛玲筆下的丁阿小，就沒有遵照這一種左翼論調的繩墨，丁阿小的個性，遂有如「抽刀斷水」，顯得曖昧，不容易界定。她既不像祥林嫂，是個十足的可憐蟲；也迥異於線子嫂的母親，受到環境影響，整個地腐化了。阿小的個性，從一方面來看，是堅定明朗、而又充滿活力的。她時刻不忘督促自己留級的兒子阿順，要他好好念書。她也頗爲急公好義，忙著把自己的一幫姊妹，薦到她四處鄰居的家裡去。中午的時候，她還忙著炒菜，招待來探望她的客人——一個老媽媽，一個揹米兼做短工的「阿姊」，還有秀琴。然而她個性中自相矛盾的地方也不少；她雖然很大方，卻也很貪「財」，時常記起哥兒達情婦之一的李小姐，賞給她的一百塊錢小費；她儘管鄙夷主人的吝嗇和邋遢，有時對他會突然湧起「一種母性的衛護，堅決而厲害。」她雖然嘀咕他在挑選女人方面每況愈下，害得他「前兩個月就弄得滿頭滿臉癤子似的東西」，她和自己的男人，竟也沒有正式結過婚。綜合來看，丁阿小這個蘇州娘姨，很難邀博到左翼作家的青睞。因爲她是個不值一寫的「不典型」，也就是張愛玲自己所謂的「不徹底」。其實，「不典型」有時倒是典型的，徹底的，爲的是我們在日常生活中，反而常常會碰到這樣的人物！

「阿小悲秋」的故事，一共有兩條主線：一條以阿小爲主，我們也許可以稱之爲經線；一條是以哥兒達爲主，我們權且稱之爲緯線。經線是明朗的，如果以張愛玲喜愛的顏色代表，應是紅色；緯線較爲隱晦，再以張的色素出之，是藍綠色。紅藍交叉，織成了極其火熾明豔的質地。乍一看，這兩條主線似是平行的，互不相擾，其實是時時干涉著的。正因爲如此，兩條主線牽惹出作者所欲透達的兩層主題：一層是大都市中男女的性關係，當然包括婚姻關係；第二層是因爲這種關係，所引起值得讀者思索推敲的道德課題。

故事一開始的時候，丁阿小牽著兒子阿順，一層一層往高樓的公寓上爬。她忙碌勞累的一天，也展開了揭幕式。她張羅完畢百順的早餐吃食後，主人跟著起身了。哥兒達也忙，他所忙的，無非是去洋行上班，回家來跟女人打「言不及義」的電話，一方面安排幽會，一方面躲避舊情人的追逐。然而，單是阿小一天二十四小時的過程中，便碰到三起和性——或者說，和婚姻有關的問題，主人的那條緯線，引起的嘈嘈切切弦外之音還不算。頭一起是阿小和她的裁縫丈夫，因爲不是「花燭」，得不到她母親的認可；後者代表一種傳統中的婚姻觀念，這使得她聽到秀琴一段和嫁妝有關的訴怨後，引起了苦惱、自卑，和伺機報復等種種複雜情緒。

秀琴的婚姻問題，是阿小遭遇的第二起。秀琴是從鄉下到城裡來幫傭的女孩子，受到都市空氣的染污，無法再習慣鄉下的粗鄙生活了。然而，都市中的婚姻又如何？且聽阿小中午待客時，和客人的一段對話：

「做短工的阿姐問道：『你們樓上新搬來的一家也是新做親的？』阿小道：『噯。一百五十萬頂的房子，男家有錢，女家也有錢——那才闊呢？房子、家具、幾十床被窩，還有十擔米，十擔煤，這裡的公寓房子那是放也放不下！四個傭人陪嫁，一男一女，一個廚子，一個三輪車夫。』那四個傭人，像喪事裡紙紮的童男童女，一個一個直挺挺站在那裡，一切都齊全，眼睛黑白分明。有錢人做事是漂亮！阿小愉快起來——這樣一來，把秀琴完全壓倒了，連她的憂愁苦惱也是不足道的。」

這樣舖張煥華的婚姻，按說應當是花好月圓了，然而不然。故事快結束的時候，炙熱的「秋老虎」，被一場半夜的大雷雨，沖洗得乾乾淨淨。雷雨聲中——

「樓上的新夫婦吵起嘴來了，訇訇響，他不知是蹬腳，還是人被推撞著跌到廚櫃或是玻璃窗上。女人帶著哭聲啢啢囉囉講話，彷彿是揚州話的『你打我！……你打我！……你打死我啊！……』阿小在枕上傾聽，心裡想：『一百五十萬頂了房子來打架！才結了三天婚，沒有打架的道理呀！除非是女人不規矩……』她朦朧中聯想起秀琴的婆家已經給新房裡特別裝上了地板，秀琴勢不能不嫁了。」

結了婚才三天便打架，顯然夫妻間一開始便琴瑟失調。這也許和張愛玲獨特的婚姻觀有關！綜觀「傳奇」一書，和諧美滿的婚姻關係，幾乎絕無僅有！「傾城之戀」裡，流蘇費盡千辛萬苦方始捕捉到的柳原，也無法擔保他婚後不拈花惹草。即使較爲安閒靜謐的老夫少妻，像「留情」中的米堯晶和淳于敦鳳，也是勉強的結合，中間有無數的煩惱和不如意，引得作者發起感嘆說：「生在這世上，沒有一樣感情不是千創百孔的。」(根據張女士對我的說法：流蘇和柳原的生活，從絢爛歸趨平淡後，便是米先生和淳于敦鳳這副模樣。)

也許，在張的下意識裡，祇有阿小和她男人那種關係，才是較爲合理的，也較爲容易取得幸福。「阿小的男人……宿在店裡，夫妻難得見面，極恩愛的，」同時，她在「自己的文章」裡，也曾經這樣說過——

「現代人多是疲倦的，現代婚姻制度又是不合理的。所以有沉默的夫妻關係，有回復到動物的性慾的嫖妓——但仍然是動物式的人，不是動物，所以比動物更爲可怖。還有便是姘居，姘居不像夫妻關係的鄭重，但比高等調情更負責，比嫖妓又是更人性的。走極端的人究竟不多，所以姘居在今日成了很普遍的現象。」

她又說，「營姘居生活的男人的社會地位，大概是中等或中等以下，倒是勤勤儉儉在過日子的。他們不敢太放肆，卻也不那麼拘謹得無聊。」

這種論調，出自三十年前一個女作家的筆下，相信要比十年前流行的

「新潮流」作品還要大膽！證諸「阿小悲秋」，以上所引倒不一定是張的厥詞，也不是遊詞，因爲有意無意之間她似乎在那裡設法向我們證明：現代婚姻制度是不合理的，而回復到動物的性慾的嫖妓，像哥兒達式的濫淫，等於嫖妓，「比動物更加可怖」，而這種人對於女人是病態的！

有了這樣一種體認以後，我們不難對於哥兒達所代表的一條緯線，「剝極而復」。這個有一雙慧黠的灰色眼睛、體態風流的外國男人，早上一下床以後，便忙著打電話，像蜘蛛一樣張織著他的慾網。他所交往的女人，不是姨太太（像李小姐），便是舞女；否則便是隔壁「黃頭髮女人」。他的濫淫和下流，不但使人覺得可鄙，而且的確可怖。我們可以說，這個有著較高社會地位的人，其道德意識，和故事中任何一個角色比較起來，都是最低的。故事的道德涵義，也借著這一種嘲弄，畫龍點睛地突了出來。除了借重故事本身，張愛玲另外又憑藉一種高超的象徵手法，微妙而又雲淡風輕地，將含苞欲放的道德意趣，吹了開來。

象徵這一手法，對於晚近的中國作家來說，已不再是新鮮物事。然而就我淺淺的閱讀經驗而言，能夠將象徵這一技巧掌握得恰到好處的，實在很少；往往不是太過，便是不及。象徵主義在二十世紀初期的西洋文藝界，一度出過大鋒頭，像是湯瑪斯・曼的「威尼斯之死」和約瑟夫・康拉德的「黑暗中心」，問世的時候，均曾受到批評界的重視。前者據說作者企圖通過一個顛狂錯亂的故事，來象徵歐洲精神文明的衰息。如今這種手法早已盛極而衰，我們再來閱讀「威尼斯之死」或者「黑暗中心」，便覺得象徵痕跡，太過斧鑿化了，有些地方，不僅用斧頭砍，而且勞動鋼刀去鋸，因此爲人詬病，寖漸至今，祇能放到歷史博物館的櫥窗裡去欣賞了。「阿小悲秋」中，象徵的痕跡藏而不露，張愛玲祇借用幾個意象，輕輕將道德旨趣點了出來，點到即止。也許是職業關係，阿小對於「髒」特別敏感。就字面上的意義來講，阿小怕「髒」是說得過去的。引申開來，我們不難聯想到，阿小是處在一個道德敗壞、淫亂污穢的世界裡。故事開始的時候，阿小乘三等電車來上工——

「她被擠得站立不牢，臉貼著一個高個子人的深藍布長衫，那深藍布因爲骯髒到極點，有一種奇異的柔軟，簡直沒有布的勁道；從那藍布的深處一蓬一蓬發出它內在的熱氣……」

阿小愛乾淨的脾氣，除了使她不斷替主人洗濯髒衣服外，同時也適用到兒子身上，兒子哭的時候，她會替「百順醒醒鼻涕」，臨睡前，她不忘「燒開了兩壺水，爲百順擦臉洗腳，洗脖頸。」她的愛「潔」是近乎歇斯底里的，因爲侵犯到不屬於她歸轄的範圍之內；像是黃昏時分，主人和認識的舞女在陽臺上對酌，她走進去收拾籐桌上的杯盞，一眼瞥見——

「樓下的陽臺伸出一角來像輪船頭上。樓下的一個少爺坐在外面乘涼，一隻腳蹬著欄干，椅子向後斜……地下吃了一地的柿子菱角，阿小恨不得替他掃掉。」

故事結束時，同樣的鏡頭又重現了一次——

「阿小到陽臺上晾衣服，看見樓下少爺乘涼的一把椅子還在外面……那把棕椅子沒放平……地下一地的菱角花生殼，柿子皮與核。阿小漠然想道：天下就有這麼些人會作髒！好在不是在她的範圍內。」

髒的意象，因爲復了一復，那力量大極了。還有廚下的兩隻蒼蠅，沒頭沒腦朝臉上撲來，也有如「叮叮海女弄金環」，運用得非常活潑。

捨「髒」之外，張愛玲有時通過對於阿小適度的誇張描寫，來反襯出哥兒達在道德天平上的渺小，和她不成比例。哥兒達是鄙瑣的，他害怕她不盡職替他洗衣服，把被單枕套襯衫褲大小毛巾一併泡在洗澡缸裡。他又是小氣的，冰箱裡半碗「雜碎」也害怕阿小把它偷吃掉。他更是淫猥野蠻的，「黃頭髮女人去了以後，他一個人到廚房裡吃了個生雞蛋……他衹在上面鑿了一個小針眼，一吸——阿小搖搖頭，簡直是野人呀！」反襯之下，低三下四有如阿小，在性格上比他高貴得多：請客做甜餅，他沒有麵粉，「甜雞蛋到底不像話，她心一軟，給添上點戶口麵粉，她自己的，做了雞蛋餅。」阿小的大方和急公好義，前面已經說過了，茲不多贅。最有趣的是李小姐打電話來，說哥兒達的床套子略有點破了，意欲替他製一床新的，阿小聽了，竟替主人護起短來，又驀然對他昇起一種母性的衛護，堅決而厲害。這時候，哥兒達在她心目中的地位，和百順不相上下。平心而論，就道德水平來說，哥兒達實在是個小孩。剎那間，阿小使人忘記了她的渺小，「突然站直了身子，像天神一樣，眼色與歌聲便在星群裡也放光。」（見「流言」中「談音樂」一文）

「爐香」裊裊「仕女圖」

——比較分析張愛玲和亨利詹姆斯的兩篇小說

一

張愛玲的「沉香屑——第一爐香」（下稱「爐香」），寫的是一個逼「良」為「娼」的故事。在這個長達六十頁約近四萬字的中篇裡，作者用她的一貫的工筆彩繪，寫出了一個善良、美麗、小處聰明、大事糊塗的女孩子薇龍，受到姑媽梁太太和丈夫喬琪喬的利用擺佈，逐步走向墮落和毀滅的經過。如果借用「爐香」中的一個意象來形容，薇龍很像「一隻麻雀，一步一步試探著用八字腳向前走，走了一截子，似乎被這愚笨的綠色大陸給弄糊塗了」；而「這個愚笨的綠色大陸」，便是她姑媽梁太太所接觸活躍統轄下的香港上流社會一角，時間當在中日戰爭前幾年。

中外作家對於善良、美麗，但是不夠狡猾世故的女孩子，遇人不淑的題材，似乎特別地敏感，特別地表同情，也特別地喜歡加以發揮。於是：我們有了李益的霍小玉，韓邦慶「海上花」中的趙二寶；在西洋小說裡，哈代的黛絲，史蒂芬・克雷因的「神女瑪琪」，以及在下文中即將和薇龍並列比較的伊莎白（出自亨利・詹姆斯筆下的「仕女圖」The Portrait of a Lady）均是。

伴同著遇人不淑出現的，一定有個其心可誅的「惡漢」（villain），連帶也產生了是與非、善與惡的道德課題；這也是中外小說家感到「千般貼戀、萬種溫存」最最愛不忍釋的地方。於是，霍桑認爲，一個人最不可恕的，是「侵犯了他人心目中神聖不容侵犯的角落」（violation of the sanctity of a human heart）；詹姆斯是霍桑的門徒，又將這一點加以發揚光大，盡量詆毀「人對於另外一個人的利用和剝削」（man's exploitation of another man），不管這種利用，是屬於精神上的，或者肉體上的。

詹姆斯的「仕女圖」，便是在這一前題下寫成功的。伊莎白是從新大陸來英國訪親的孤女，因緣湊巧，使她繼承了姑父塔契特（Touchett）先生一筆豐富的遺產，引起了女野心家兼清客魅洛夫人（Mme. Merle）的覬覦，將伊莎白介紹給她舊日的「相好」奧斯曼（Gilbert Osmond）先生；這種變相的「因陋就簡」的婚姻（marriage of convenience），坑害了伊莎白一輩子。伊莎白最痛苦的一點，是在她夢醒時，爲了道義上的責任——她深愛著丈夫和魅洛夫人姘居時生下的私生女潘西（Pansy），重復回到奧斯曼身邊，度其痛苦的餘生。這一點，在齊克果、卡謬、沙特尚未風行的十九世紀末（一八八一年），是深具「存在主義」色澤的。

無獨有偶，張愛玲的「爐香」，故事也是說，一個從上海飄零到香港的女孩子葛薇龍，爲了籌措學費，投奔了住在香港半山區的富孀姑媽梁太太。這梁太太是香港闊人梁季騰的第四房姨太太，有錢，但是「永遠塡不了心頭的饑荒」，她需要很多的愛人，而這些愛人在一開始的時候，例必由薇龍這類年輕的女孩子代爲捕捉；等到入網後，再由「母蜘蛛」梁太太來獨自享用。薇龍最後嫁給了梁太太的一個「愛人」，受到雙重控制，一方面替梁太太弄人，一方面替喬琪喬斂財，成爲一名志願的高級娼妓，其下場的悲慘痛苦，跟「仕女圖」的伊莎白，不相上下。

本文的探測中心，便是從人物、背景（包括道具在內）出發，兼及題旨、小說藝術，來比較研究「爐香」和「仕女圖」的相反、相成之點，從而對於張愛玲的小說藝術——或者說，「爐香」的內涵，加深一層認識和欣賞。討論當然是以「爐香」爲主，「仕女圖」爲副；換句話說，是以「沉香薰小像」，不過，有些時候，也許作者像柳夢梅一樣，先把杜麗娘的小像掛起來，再燃上一爐香，也說不定的。

二

首先，讓我從人物方面著手，來談談「爐香」和「仕女圖」的相輔相成之處。

毋庸諱言，兩篇小說最觸目驚心的相似處，是三位主角之間的相互關係。在「仕女圖」中，伊莎白——奧斯曼——魅洛夫人，構成了一個等邊三角形，如果以圖解法來表示，其關係如左圖（上）。

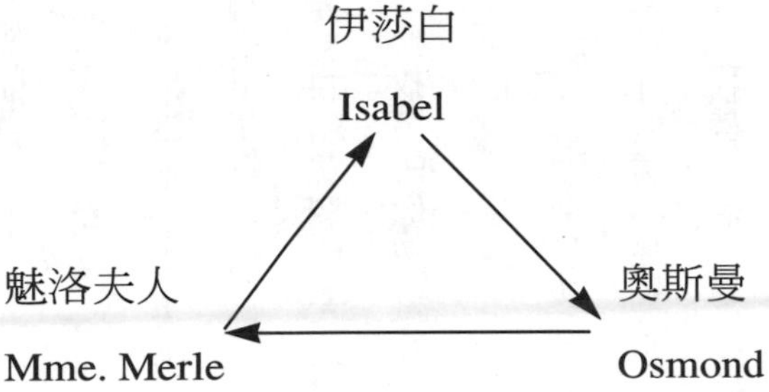

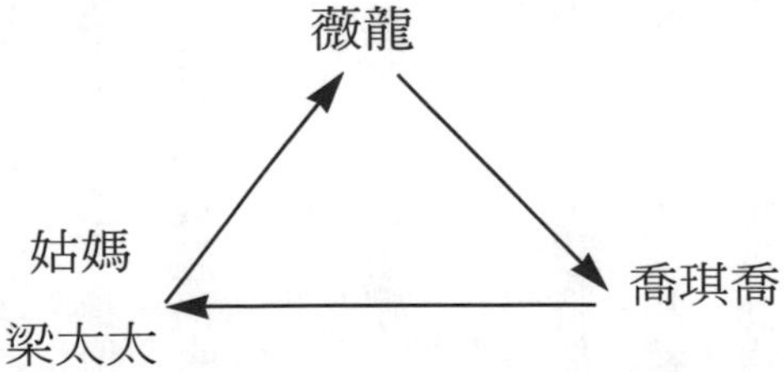

「爐香」中，三位主角的纏夾不清關係，也可以用等邊三角形「幾何」之，如前頁（下）。

有趣的一點是：「仕女圖」中，魅洛夫人雖然不是伊莎白姑媽，實際上，她是塔契特夫人的手帕交，無論就年齡（四十出頭）、身份來說，都可以充當伊莎白的姑媽有餘。事實是，塔契特夫人主動促成魅洛夫人和伊莎白認交，因爲塔契特夫人說：

「『我希望你認識她。我想這對你是一件很好的事。西蕾娜・魅洛是個十全十美的女人。』」

「她又說：『魅洛夫人從來沒有一丁點兒『不對勁』。我將你帶來這兒，希望替你做成一件最好的事。妳的姊姊莉莉告訴我，她希望我替你造就許多機會。我替你造就了一個，那便是和魅洛夫人認交。她是歐洲卓越的女性之一。』」（「仕女圖」第一部十八章）

換一句話說，在「仕女圖」裡，伊莎白的姑媽，一分爲二，其一是塔契特夫人，其二是魅洛夫人；而到了「爐香」中，薇龍的姑媽合二爲一，那便是梁太太。

梁太太和魅洛夫人，是促使薇龍和伊莎白墮落的禍魁，是罪惡的化身（見「仕女圖」第二部四十九章三二三頁），沒有她們的出現，我們的女主角，也許可以終其生過著平安平淡但是比較幸福的日子；兩位夫人在小說中的重要性，自屬不容忽視。事實是：她們是「月亮被地球所遮去的另一半陰影」（見「仕女圖」第二部四十二章一九〇頁），兩位作家對於她們所花的心血氣力，並不亞於兩位女主角。私見認爲，「仕女圖」所臨摹的對象，既係伊莎白，也是魅洛夫人，「仕女」（lady）一詞，對於兩者來說，都是適用的。而「沉香屑」所焚的這一爐香，張愛玲既是燒給薇龍，也是燒給梁太太。現在，就讓我來說說，兩位「黑夫人」（dark ladies）相倣之處。

三

「仕女圖」一開始的時候，魅洛夫人在伊莎白姑媽家的別墅「花園法庭」（Gardencourt）出現，她曾經向伊莎白許了個願，有一天會向後者，說一個關於自己的故事。這個願始終不曾兌現過。其實，所謂故事，便是魅洛夫人和奧斯曼之間的曖昧關係。謎底是逐漸展現出來的。等到奧斯曼的姊姊簡媚妮伯爵夫人（Countess Gemeni）將它乾坤一擲地予以揭穿時，對於伊莎白來說，不啻致命的一擊！其效果有如「紅樓夢」中瘋道人的兩句偈語：

「好防佳節元宵後，
便是煙消火滅時。」

這兩句偈語，移用到薇龍身上，尤其適切！「爐香」一上來的時候，梁太太爲了喬琪喬的事，跟丫頭睇睇拌嘴嘔氣，看在薇龍眼裡，不過是一團迷霧。作者利用這種遠兜遠轉的方式，來介紹她的男主角。換句話說，梁太太和喬琪喬之間，也隱藏著一段過去，一個故事。然而薇龍一直蒙在鼓裡，就連喬琪喬在梁太太園遊會初次出現後，薇龍還是弄不清楚，不住地跟丫頭發牢騷：

「薇龍冷笑道：『眞是怪了，這姓喬的也不知道是什麼了不得的人，誰都看不得他跟我多說了兩句話！』」

丫頭睨兒到底旁觀者清，忙道：

『這個人……雖然不是了不得的人，可是不好惹。』

這個不好惹的人，薇龍偏偏又嫁給了他！故事結束的時候，是陰曆三十夜——接近煙消火滅的「元宵節」了！薇龍和喬琪喬，興孜孜地去灣仔趕廟會；在這裡，什麼都有，「可是最主要的還是賣的是人」，薇龍一生的謎底至此全部揭曉了。她驚悟到「自己跟她們有什麼分別？」等到喬琪喬用一隻手掩住她的嘴時，她又笑著解嘲道：「……怎麼沒有分別呢？她們是不得已，我是自願的。」

四

兩位夫人年紀都不小了。魅洛夫人是四十初度，梁太太年逾半百。在這種所謂虎狼之年的女子，最容易對年輕一輩的同性感到妒忌。魅洛夫人性格陰鷙深沉，處世圓滑老到；唯獨在妒忌別人年輕一點上，露出了「馬腳」！

「魅洛夫人有時也會說出一些事情來，讓伊莎白感到吃驚，抬起眉頭，事後仔細思量。『我情願盡我所有來換取你的年齡，』她有一次，帶點激楚意味地衝口而出；儘管這一種激楚，被她慣常的隨和態度沖淡不少，卻掩飾得不太完美：『要是我能重頭再來一次——如果我有整個的生命在我面前該多好！』

『你的生命是在你面前嘛！』伊莎白溫文地回答，因爲她稍微感到有點恐懼。

『不，生命中最好的一部份已經過去了，浪費掉了。』

『當然也不至於一無所有，』伊莎白說。

『爲什麼不是呢——我得到了什麼？既沒有丈夫，也沒有小孩，也沒有財產，也沒有地位，也沒有一丁點兒美麗——我從來便不曾漂亮過！』

『不過你卻有很多的朋友，親愛的夫人！』

『這個，我可不敢太確定！』魅洛夫人叫了起來。（「仕女圖」第一部十九章二八四頁）」

梁太太對於薇龍的妒忌，是更形露骨了。薇龍初次住進梁府的那天晚上，恰逢梁太太在家宴客，害怕「這妮子果真一鳴驚人，雛鳳清於老鳳聲，勢必引起一番騷動……還有一層，眼饞的人太多了。」到了後來，睇睇「叛變」，她另起爐灶，培植了薇龍，忽然又被喬琪喬半路裡殺將出來，偷折了去，梁太太這一氣非同小可，在她半勸半嚇唬的一席話中，暴露了她平日妒忌薇龍「年輕」的「司馬昭之心」：

「梁太太冷笑道：『等你到了我的年紀，你有談戀愛的機會才怪呢！你看普通中等以下人家的女人，一過三、四十歲，都變了老太太。我若不是環境好，保養得當心，我早老了。你呀——你這麼不愛惜妳的名譽，你把你的前途毀了，將來你不但嫁不到上等階級的人，簡直不知道要弄到什麼田地！』這一席話，刺耳驚心，薇龍不由自主的把雙手摀著臉，彷彿那粉白黛綠的姿容已經被那似水流年洗褪了色。」

在這裡，我要說一句題外的話。張愛玲到底是女作家，對於女人這種微妙心理的掌握，似屬應該！而詹姆斯以「寡人」之身（詹姆斯終身未娶），居然能夠照樣摹擬得出魅洛夫人心理上的癥結所在，委實不可思議！

五

魅洛夫人和梁太太有很多的朋友。朋友對於「光棍」型的女清客（魅洛夫人），和「花癡」（梁太太）型的人物，自屬必要。這一點，魅洛夫人的老「相好」奧斯曼，自然看得一清二楚，並且加以無情的嘲笑：

「『你總是幫朋友的忙的。』奧斯曼說。

魅洛夫人朝著她男主人的臉上微微一笑：『……我並不爲了我的朋友捨身忘命；我一點都不值得你這樣誇口。我最最關心的還是我自已。』

『的確不錯。你自己卻包括了很多其他的人——每一個其他的人以及每一件事情，都和你大大有關。我從來沒有認識過一個人，他的生活牽涉了這麼許多其他的人在內……』」

奧斯曼分析魅洛夫人的這番話，自然也可以拿來轉贈給梁太太。後者在中日戰爭前夕，憑著財大勢大，「一手挽住了時代巨輪，關起門來做小型的慈禧太后，」她手裡交往的朋友，也是一批又一批，翻翻滾滾，有如長江浪濤。當她手下的一名「香餌」睇睇，爲喬琪喬呑掉的時候。

梁太太跳起身來，刷的給了她一個巴掌，睇睇索性撒起潑來，嚷道：「還有誰在你跟前搗鬼呢？無非是喬家的汽車夫。喬家一門子老的小的，你都一手包辦了，他家七少奶奶新添的小少爺，祇怕你早下了定了，連汽車夫你都不放過。你打我！你祇管打我！可別叫我說出好的來了。」梁太太坐下身來，反倒笑了，祇道：「你說！你說！說給新聞記者聽去。這不花錢的宣傳，我樂得塌個便宜。我上沒有長輩下沒有兒孫，我有的是朋友，我怕誰？……」

最後一段話「我上沒有長輩下沒有兒孫，我有的是朋友——」使我們不禁憶起前不久所引「仕女圖」中魅洛夫人和伊莎白的一段對話。儘管說話時兩位夫人的聲口——一淒楚、一驕狂——不一樣，她們同時需要朋友——或者說，在依賴朋友過活這一點上，卻是一致的。

六

另外一個幾乎完全相同的場面，也重複得相當有趣：那便是在翡冷翠（Florence）當伊莎白新近繼承了姑父七萬鎊的遺產，尙未完全擺脫「天將降大任於斯人也」那種敬畏感，心懷鬼胎的魅洛夫人，逕往她寄居的姑媽別墅去，一探究竟。

「那女孩子的臉色是蒼白的，嚴肅的，那種因守孝而產生的後果，尙未全部褪去；不過，她一看到魅洛夫人，那種她最爽朗時刻露出的笑容，來到她臉上。魅洛夫人朝伊莎白走了過去，將雙手擱在我們女主角的肩上，然後，注視了她好一會，吻了她，彷彿還禮一樣，因爲伊莎白過去住在『花園法庭』時，曾經吻過她……（「仕女圖」第一部二十章三〇〇頁）」

這一個吻頗有宗教意味，使人想起猶大出賣耶穌時的那個吻。換一句話說，這一吻有如賣身契上的封印或鈐記。從此，伊莎白一步步受到魅洛夫人的操縱，成爲不幸婚姻祭壇上的一頭帶血羔羊。

在「爐香」裡，薇龍因爲喬琪喬，跟丫頭爭風吃醋，在浴室裡用濕毛巾痛打了睨兒，梁太太得悉此事後，款款走到薇龍房裡來，一陣虛情假意的勸說帶恫嚇後，薇龍堅持著要回上海家裡去。

「梁太太也隨著她坐起身來，問道：『你主意打定了？』薇龍低低的應了一聲。梁太太站了起來，把兩隻手按在她肩膀上，眼睛直到她眼睛裡去，道：『你出來的時候是一個人。你現在又是一個人。你變了，你的家也得跟著變。要想回到原來的環境裡，祇怕回不去了。』薇龍道：『我知道我變了，從前的我，我就不大喜歡。我回去，願意做一個新的人。』梁太太聽了，沉默了一會，彎下腰來，鄭重的在薇龍額角上吻了一下，便出去了。」

這一吻的作用，與魅洛夫人給伊莎白的吻，作用是完全一樣的，它是魔鬼的簽字。有了這鄭重的一吻，薇龍便成一隻受傷的鳥，「像在刀口上刮了一刮似的，慘叫了一聲，翻過山那邊去了。」

七

兩位夫人縱然在外在的行爲和動機（利用年輕女子以償私慾）方面，有相似之處，性格卻迥然不同。如果借用「水滸」一書中的綽號來形容，梁太太是「霹靂火」，魅洛夫人則是「兩頭蛇」；一柔一剛，形成了極其鮮明的對比。這當然和兩人的處境有關：「有錢膽子壯」，梁太太遂變得驕獰跋扈起來，而魅洛夫人雖云飄逸有如雲中鶴，卻必須時常在富貴人家飛來飛去，充當清客，不得不精打細算，步步爲營，連帶形成了她那種鬼火似的冰冷的性格。詹姆斯花費了比伊莎白還要長的篇幅，來介紹她的出場——

「魅洛夫人是個高大、白皙、柔軟的女人，她身上的每一樣東西都是圓圓的，胖胖的，雖然沒有累積到臃腫的程度。她的容貌是厚實的，但是極其對稱和諧，而她的臉色有一種康健的明淨。她灰色的眼睛小小的，但是光芒四射，絕無愚鈍——根據有些人的說法，也絕不會流眼淚；她有一張寬大飽滿的嘴，當她笑的時候，微微朝左上角翹起，很多人覺得這種笑容很古怪；

有人覺得略嫌做作，祇有少數的人認爲那很優雅。伊莎白便是屬於最後一類的。魅洛夫人有一頭豐郁、細密的頭髮，她把它們挽成『古典』的式樣，彷彿她是一座半身的雕像。……她有一雙又大又白的手，修短合度，因爲式樣如此完美，使得這雙手的主人，寧願讓它們素樸無華，也不願戴任何珠寶戒指。（「仕女圖」第一部十七章二四九頁）」

從字面上的意義來推敲，詹姆斯對於魅洛夫人，是相當仁慈的——對稱和諧，容貌厚實，臉色康健明淨，素手無華，即令她冷酷得不流一滴眼淚，朝左角上翹的嘴唇矯揉古怪，頭髮挽成「古典」式樣，有如一尊半身像；相形之下，梁太太出場時，是另外一副模樣：

「汽車門開了，一個嬌小個子的西裝少婦跨出車來，一身黑，黑草帽沿上垂下綠色的面網，面網上扣著一個指甲大的綠寶石蜘蛛，在日光下閃閃爍爍，正爬在她腮幫子上，一亮一暗，亮的時候像一顆欲墜未墜的淚珠，暗的時候便像一粒青痣。那面網足有兩三碼長，像圍巾似的兜在肩上，飄飄拂拂。」

這是拉遠了鏡頭。近距離時，梁太太

「把面紗一掀，掀到帽子後面去……薇龍這才看見她的臉，畢竟上了幾歲年紀，白膩中略透青蒼，嘴唇上一抹紫黑色的胭脂，是這一季巴黎新擬的『桑子紅』。薇龍卻認識那一雙似睡非睡的眼睛，父親的照相簿裡珍藏著一張泛了黃的『全家福』照片，裡面便有這雙眼睛。美人老去了，眼睛卻沒老。」

張愛玲借用暗黑、紫黑、黑綠、青蒼等色澤，來介紹她筆下的「黑」夫人，和魅洛夫人的白胖華澤，相映成趣。其實她們同是鬼氣森森的女人。尤其值得注意的是梁太太黑草帽沿上垂下的面網，以及面網上扣著的一個綠寶石蜘蛛，配著她白膩青蒼的臉色，嘴唇上一抹紫黑的胭脂，還有那一雙似睡非睡的眼睛，即使在正午的陽光下，望上去也使人有種不寒而慄的感覺。比較起來，魅洛夫人較近人性多了，而梁太太簡直就是「屍居餘氣」的女鬼！

八

從日後發生的事件和場面來說，也是如此。魅洛夫人善鼓琴。伊莎白初遇她的時候，便是在鋼琴旁邊，一段簡短的相互寒暄過後，

「那夫人用相同的方式，像剛才那樣彈起來，既輕柔又嚴肅，她一面彈，房中的陰影也漸漸加深起來。秋天的暮色聚攏來，從她坐著的地方，伊莎白可以看到雨點逐漸認眞地落了下來，洗滌著看來冷冷的草地，然後風也起來了，搖撼著許多棵大樹。」

換句話說，魅洛夫人像是那英國童話裡的吹笛人（the pied piper），因爲技藝太過迷人，可以把成群的孩子拐走，可以讓人聽了，「不覺碧山暮，秋雲暗幾重。」而被害的人，也祇限於願者上鉤，不像梁太太那樣霸道。在這裡，張愛玲和詹姆斯一樣，借用道具和場景，來抒陳她的春秋之義：

薇龍初次謁見梁太太的時候，後者

「不端不正坐在一張交椅上，一條腿勾住椅子的扶手，高跟織金拖鞋盪

悠悠地吊在腳趾尖，隨時可以拍的一聲掉下地來。」

這樣一個不端不正的婦人，臉上還磕著一把芭蕉扇子，和薇龍進行類似「口試」的談話。祇見

「梁太太一雙纖手，搓得那芭蕉柄的溜溜地轉，有些太陽從芭蕉筋紋裡漏進來，在她臉上跟著轉。」

數落了一頓舊時的恩怨後，

「她那扇子偏了一偏，扇子裡篩入幾絲金黃色的陽光，拂過她的嘴邊，正像一隻老虎貓的鬚，振振欲飛。」

薇龍這時在她眼中，不啻是一隻羽毛初豐的金絲鳥吧？

到了故事接近尾聲，薇龍決心在這座有如「長三堂子」的白屋留下來，乖乖聽候姑媽調動的時候，張愛玲繼續採用嘲弄暗示的寫法，將梁太太暴露在更深一層的道德光圈之下：

「薇龍回到了梁宅，問知梁太太在小書房裡，便尋到書房裡來。書房裡祇在梁太太身邊點了一盞水綠檯燈，薇龍離著她老遠，在一張金漆椅子上坐

下了，兩人隔了好些時都沒有開口。房裡滿是那類似杏仁露的強烈的蔻丹的氣味，梁太太搽完了蔻丹，尖尖的翹著兩手，等它乾。那雪白的手，彷彿上過拶子似的，夾破了指尖，血滴滴地。」

像梁太太這樣十惡不赦的淫婦，換了在古小說裡，怕早已騎驢遊街，或者，罰站牢籠了吧？又豈儘是上拶子刑呢？

就事論事，詹姆斯從來沒有將魅洛夫人，暴露在如此嚴峻的道德光圈之下，魅洛夫人所作所爲，都使人想起孟夫子喜歡說的一句話來：「予豈好辯哉？予不得已也！」是的，根據她和奧斯曼之間的一場談話（第一部四十九章三三一頁），我們發現她一度有過「非常善良的靈魂」，因爲奧斯曼對待她負心薄倖，才使得她的「淚泉枯竭，靈魂萎縮」，做出有乖人性的事來。尋根究底，她還是發乎對於潘西的母愛，以及對於奧斯曼的藕斷絲連，才狠下心腸，把伊莎白牽引進這一場婚姻騙局裡去的！就連她的「頭號敵人」簡媚妮伯爵夫人，也不免感慨系之地說：

「『你瞧女人要比男人好得多了。她替奧斯曼找到一個妻子（指伊莎白），可是奧斯曼從來不曾爲她伸過一次小拇指。她替他出力氣，盤三劃四，又爲他受苦受折磨；甚至還替他弄錢；結果是：他對她感到厭煩了。她祇是他的老「相好」；有些時候，他會感到需要她，可是終久是：有一天她當眞不在了，他也不會念叨她的……』」

這一番話，聽來使人酸鼻。即使處於情敵地位的伊莎白，聽了簡媚妮伯爵夫人的陳詞，也擋不住唏噓再三：

「啊，可憐、可憐的女人！」

「啊，可憐、可憐、可憐的魅洛夫人！」

兩位「黑」夫人相反、相成之點，比較完畢後，我必須要說一句：魅洛夫人在讀者心目中所引起的反應，是憐憫多於恐怖；而梁太太則恐怖多過憐憫，因爲梁太太是這樣一個邪侵入骨、無藥可救的壞女人！

在討論完畢一雙翩翩黑蝴蝶型的夫人後，再來剖析兩位及笄年華的女主角（她們委實很像翅翼初長成的小黃蝶），似乎是一種反高潮。不過，伊莎白和薇龍，既屬兩篇小說的女主角，自然和整個小說的核心（題旨）有關，她們當然應該構成本文的注意焦距才對。

「仕女圖」和「爐香」，寫的都是初出茅廬的少女，走向不幸婚姻的經過。和「仙履奇緣」或者簡・奧斯婷的女主角不一樣；她們各自找到心中的理想王子以後，並沒有因此「快快活活過一輩子！」(live happily ever after)，相反地，她們卻替自己打開了一扇煩惱之門，連帶產生了或多或少的悲劇性醒悟。這一類處境，也正是西洋作家比較鍾愛的所謂「啓蒙故事」（story of initiation）。而「啓蒙故事」的「初型」（archetype），當以聖經中亞當、夏娃被逐出「伊甸樂園」（Garden of Eden）爲始祖。如果我們仔細審視一下，「仕女圖」中，也安置著這樣一副框框（frame-work）。譬如伊莎白初履英國，他姑父居住的別墅，便叫「花園法庭」（Garden court）；這花園，進一步來說，當然也就是伊莎白的伊甸園，園中有誘惑她初嘗禁果的毒蛇——魅洛夫人；但也有善良而無用的「守護神」，像她的表兄拉夫・塔契特（Ralph Touchett）。園中同時還有「仙履奇緣」的「神仙教母」（fairy-godmother），如塔契特夫人，經她神奇的魔杖一點，石頭可以變成黃金：伊莎白在故事一開始的時候，便『沒來由』地，繼承了姑父一筆沉甸甸的遺產，身價立即暴漲。

「爐香」中的薇龍，也遭逢到類似伊莎白的處境。她一步踏進了梁太太半山區的白屋後，除了立即擁有一壁櫥金翠輝煌的時裝外，裙邊也跟著增添了一批追逐者。這自然也是「神仙教母」的魔杖所賜。這教母同時也兼任伊甸樂園中的毒蛇。也許我們應當引一節薇龍初訪梁宅時，在客廳中受到冷遇的那一段——

「薇龍一抬頭，望見鋼琴上面，寶藍瓷盤裡一棵仙人掌正是含苞欲放，那蒼綠的厚葉子，四下裡探著頭，像一窠青蛇；那枝頭的一捻紅，便像吐出的蛇信子。花背門簾一動，睨兒笑嘻嘻走了出來，薇龍不覺得打了個寒噤。」

薇龍的「伊甸園」內，當然不止這一盆「杯弓蛇影」的仙人掌，還有水蛇腰的丫頭睇睇（梁太太早期的「香餌」之一），以及香港社會各式各樣的地頭蛇，還有對薇龍展開全面追求的、開搪瓷馬桶工廠的「逐臭之夫」司徒協……薇龍處身於這樣一個蛇龍混雜的「伊甸園」內，要想長期保持清白，幾乎是不可能的。

九

「伊甸園」裡，除了上帝和天使外，餘下便是魔鬼（撒旦），他們的魅影幢幢，幾乎無所不在。「仕女圖」和「爐香」中，兩位作家都廣泛運用了「伏筆」（prefiguration）和象徵的手法，而且技巧有如盤弓躍馬，十分嫻熟。這種伏筆和象徵，功用不一而足，但是最主要的，在乎烘托題旨，使得當事人的處境和個性，更加鮮明突出，讀者可以憑藉各自不同的造化秉賦，汲取濃淡不一的文學骨髓。

詹姆斯在「仕女圖」中，象徵與伏筆時分時合，有如異光宕漾，不像張愛玲，象徵與伏筆，混凝成一片，幾乎無法「陰陽割分曉」。當然，我也祇能說，大致是如此，因爲文學到底不同於科學，沒有這樣斬釘截鐵。

詹姆斯喜歡用「暗黑」（darkness）一詞，來烘托陪襯伊莎白心境的昏昧不明，與前途的模稜兩可。（詹姆斯師承霍桑，原是「黑白攝影」chiaroscuro 專家）。像是第一部十六章，在倫敦勃拉底旅舍（Pratt Hotel）中，伊莎白的第一位求婚者卡斯巴先生離去後，

「這房間是黑黝黝的，但是，那層黑暗，卻給旅館天井裡由窗戶外透過來的模糊光亮沖淡了，因此，伊莎白還能夠分辨得出家具的體積，鏡面的微弱反光，以及床的四隻支柱龐大而顫巍巍的影子。她靜靜地立了一會，聆聽著，最後，她聽到卡斯巴從起居室走了出去，把門從身後帶上了。她像這樣又站了一會，接著，在一陣抑制不住的衝動下，她卜地在床前跪下，把臉埋在臂彎之中。（二三〇頁）」

詹姆斯又擅長利用建築物的構造，來象徵人物的性格和遭際，這一點似乎張愛玲也有同好，像在「仕女圖」第一部二十二章中，伊莎白初訪奧斯曼在翡冷翠的別墅，他這樣寫：

「那別墅是一座頎長、空白無表情的建築物，有著向外遠遠伸出的屋簷。……那屋子的前部，是築在一塊空空的，長著草，帶點農村風味的廣場

上……這個古雅堅實，爲風雨侵蝕，然而一表非凡的前身，有一種沉默寡言的性格。這僅是這屋子的假面，而非眞貌。它祇有眼瞼，而無眸子；屋子其實是朝著另一方向，朝著後面，進入輝煌的寬綽，以及下午光亮的範圍之內。」

不言可喻，這一建築物的特性，也就是屋主人奧斯曼的性格了，又如

「如果你從廣場望過來，別墅第一層的窗子，有著高貴的式樣，完全合乎建築學的；但是，這些窗子的作用，看來與外界相交的成份少，拒絕外界朝裡面張望的成份多。（三二六頁）」

這當然也可以解釋爲奧斯曼個性中的另一面。等到走進別墅裡，

「屋子裡有一種嚴肅又強烈的氣概，似乎祇要一旦走進去，便需要費很大的勁，才出得來，對伊莎白來說，目前還沒有想出來的意思，祇想一味往裡進。奧斯曼是在陰涼的前廳和她相見——即使在五月依舊很冷——一面引導著她，在『指揮』（魅洛夫人）的伴同下，走進廂房裡去……」

但是，一進入廂房，伊莎白便遭到簡媚妮伯爵夫人的當頭棒喝：

「我喜歡遇見新朋友，我相信你是個新人。不過，別坐在那兒，那椅子裡外不一樣。這屋子裡有一些好東西，但也有一些是怪怕人的……。」

……

「我找不到什麼令人害怕的東西嘛！」伊莎白四面一瞭，說：「每一樣東西在我看來，都是美麗又珍貴的。」

在魅洛夫人所施的「障眼法」下，伊莎白看到的物事，自然都是美而珍的了。可嘆的是：當夏娃沒有吞下禁果以前，她是無法分辨美醜善惡是非的。簡媚妮伯爵夫人的警告，伊莎白遂完全當做「耳邊風」了。

張愛玲儘管不像詹姆斯，是「黑白攝影」專家，她對於建築物和季節、時辰、天氣的變化，卻也頗知靈活運用，使它們從紙面躍出，發揮了「立體三機式」（three dimensonal）的作用，迥異於一般中國作家的平面圖。這裡先引一段她對於梁太太白色華屋的描寫：

「山腰裡這座白屋子是流線型的，幾何圖案式的構造，類似最摩登的電影院。然而屋頂上卻蓋了一層仿古的碧色琉璃瓦。玻璃窗也是綠的，配上雞油黃嵌一道窄紅邊的框。窗上安著雕花鐵柵欄，噴上雞油黃的漆。」

梁太太家的花園，「不過是一個長方形的草坪，四周圍著矮矮的白石卍字欄干。」這「欄干」二字，在薇龍住進梁宅的初夜，又出現了一次。「薇龍拉開了珍珠羅帘幕，倚著窗臺望出去，外面是窄窄的陽臺，鐵欄干外浩浩蕩蕩的霧，一片濛濛乳白，很有從甲板上望海的情致。」

到了最後，薇龍爲了適應環境，「她新生的肌肉深深嵌入了生活的柵欄裡，拔也拔不出。」「柵欄、欄干」，幾次三番的重複使用，使審愼的讀者不免懷疑，這一座華麗巍峨的白石建築物，不過是一所錦衣玉食的監獄，裡面豢養了一些待決的女奴。

那白屋，伴同著季節和時辰的變化，又敷衍出多種複雜的歧義來，譬如薇龍那天訪親完畢，「沿著路往山下走……再回頭看姑媽的家，依稀還看見那黃地紅邊的窗櫺，綠玻璃窗映著海色。那巍峨的白房子，蓋著綠色的琉璃瓦，很有點像古代的皇陵。」

這時候，「薇龍覺得自己是『聊齋誌異』裡的書生，上山去探親出來之後，轉眼間那貴家宅第已經化成一座大墳山。」

她終於住進這一個裝滿了雕花鐵柵欄、欄干、小鐵門……鬼氣森森的世界裡去。上山的頭一晚，她自己家裡的女傭陳媽，陪著她提了一隻皮箱，向梁太太家走去。

「那是個潮濕的春天的晚上。香港山上的霧是有名的。梁家那白房子黏黏地溶化在白霧裡，祇看見綠玻璃窗裡晃動著燈光，綠幽幽地，一方一方，像薄荷酒裡的冰塊。漸漸的冰塊也化了水——霧濃了，窗格子裡的燈光也消失了……一路拾級上階，祇有小鐵門邊點了一盞赤銅攢花的仿古宮燈。」

香港的深宅大院，比起上海的緊湊、摩登、經濟空間的房間，又另有一番氣象。薇龍正待撳鈴，陳媽在背後道：『姑娘仔細有狗！』一語未完，眞的有一群狗齊打夥兒一遞一聲叫了起來。陳媽作了慌。她身穿一件簇新藍布罩褂，漿得挺硬。人一窘便在藍布罩褂裡打旋磨，擦得那竹布淅瀝沙啦響。她和梁太太家的睇睇和睨兒一般的打著辮子，她那根辮子紮得殺氣騰騰，像武俠小說裡的九節鋼鞭。薇龍忽然之間覺得自己並不認識她，從來沒有用客觀的眼光看過她一眼——原來自己家裡做熟了的傭人是這樣的不上臺盤！因道：『陳媽你去吧！再耽擱一會兒，山上走路怪怕的。這兒兩塊錢給你坐車。箱子就擱在這兒，自有人拿。』把陳媽打發走了，然後揿鈴。」

這一段描寫，是深具「詹姆斯章法」的好文章。如果詹姆斯善用黑暗，來狀擬伊莎白心情的彷徨無依、混沌不明；那麼，張愛玲在這裡，是以香港山上乳濛濛的白霧，來象徵初次入世的薇龍，心境的懵懂含糊，其效果是同樣的深刻入味。狗叫的一段，使人聯想起但丁「遊地獄」中，守衛地獄大門的三頭狗，可惜薇龍自慚家中的傭人不上臺盤，未能善加利用她頭上的「九節鋼鞭」來打狗，反而將她輕輕遣走，從此遂淪入阿鼻地獄，誠不令人扼腕三嘆！

季節、氣候和時辰的變換，在在都成爲「爐香」中一種推波助瀾的力量，像是「逐臭之夫」司徒協贈送薇龍厚禮——一副金鋼鑽手鐲——的那晚上，梁太太伴同著兩人一起乘坐司徒協的汽車回家。

「半路上下起傾盆大雨來。那時正是初夏，黃梅季節的開始。黑鬱鬱的山坡上，烏沉沉的風捲著白辣辣的雨，一陣急似一陣，把那雨點兒擠成車輪大的團兒，在汽車頭上的燈光的掃射中，像白繡球的滾動。遍山的肥樹也彎著腰縮成一團；像綠繡球，跟在白繡球的後面滾。」

到家以後，薇龍害怕陪司徒協喝酒，躲在樓上不下來。這時候，「那雨越發下得翻山倒海……滿山醉醺醺的樹木，都有點殺氣騰騰，吹進來的風也有點微微的腥氣。」

這次道德上的危機過後，薇龍抵不住喬琪喬的誘惑，向他獻身投降，「當天晚上，果然有月亮……整個的山窪子像一隻大鍋，那月亮便是一團藍陰陰的火，緩緩的煮著它，鍋裡水沸了，咕嘟咕嘟的響。」

那魑魅魍魎的世界，終於一步步地把薇龍吞滅了。

十

前面說過，詹姆斯的象徵與伏筆，時分時合，分開的時候，伏筆是以個人沉思或者雙人討論的方式進行；這一種技巧，使人產生的感受，如果借用

元稹「遺悲懷」中的兩句詩來形容，便是「昔日戲言身後事，今朝都到眼前來。」像是「仕女圖」第一部四章中，

「有時候，伊莎白甚至希望，有一天能夠出身於一種困境，這樣，他便可以得到一種，因爲情況所需，而非得表現出英勇氣概的快樂。（六十九頁）」

又譬如十七章內，伊莎白的閨中好友亨利耶妲（Henrietta），發現前者到了歐洲以後，漸漸地發生變化，連忙向她提出警告：

「『你知不知道，你自己飄流到哪兒去了嗎？』亨利耶妲一面追問，一面很文雅地扶著自己的荷葉邊帽沿。」

『不，』伊莎白回答：『我一點都不知道，我發覺正因爲不知道，反倒是一件很愉快的事。一輛四馬並駿的馬車，在漆黑一團的夜裡，看不清楚的路面，豁喇喇向前狂奔了去，這就是我心目中想像的快樂。』」

從伊莎白和亨利耶妲的談話裡，我們不難推斷得出，這位入世未深的少女，是充滿了想像力，天眞未鑿，極端羅曼蒂克的人。在她發表這些幼稚論

調的時候，也許覺得自己很俏皮大膽，夠意思！她大概沒有想到吧，這些昔日的戲言，將來都會一一應驗到她身上來的。換一句話說，如果她預料到，這些都將不幸而言中的話，她也許不會這樣胡唚亂謅了。詹姆斯所以這樣寫，也許和他心目中的「嘲弄觀照」(ironic vision)有關，所謂嘲弄觀照，我想有時候和「悲劇觀照」（tragic vision），是相當接近的。

又譬如伊莎白的表兄拉夫，在他父親塔契特老先生臨終時，和後者進行了下面的談話：

「『你倒是要我怎樣做呢？』塔契特老先生問。

『我要你在她那隻小船的帆布上，增添一點風力。』

『你這話怎麼講？』

『我希望你給她一點能力，做她歡喜做的事情。譬如說，她喜歡看看這個世界，那我就想把錢放進她的荷包裡去。』

……

拉夫又說：『我所謂的一個人有錢，是指這個人可以隨心所欲，做他想像中喜歡做的任何一件事情。伊莎白有著極其豐富的想像力。』

……

拉夫還說：『如果她的收入豐富，那她就用不著爲了生活而嫁人了，這是我竭力要避免的一件事。她希望自由，你賚予她的財產，能夠促使她做到這一點。』」

拉夫這種說法，自然是可以言之成理的。然而，通過詹姆斯的「嘲弄觀照」，事情的發展，往往出人意料之外。塔契特老先生好心遺留給他姪女的大量金錢，不但不能幫助伊莎白獲得獨立，反而成爲她步向幸福婚姻途上的絆腳石。造化弄人，伊莎白的悲慘命運，冥冥之中若有天定。關於這一點，世故頗深的塔契特老先生似也早有預感：

「『先告訴我這一點。難道你不曾想到過，一個身價値六萬鎊的年輕女子，不是很容易成爲覬覦財產登徒子手下的犧牲品嗎？』

「她絕對不會碰到一個以上這樣的傢伙吧？』拉夫說。

「啊，一個就太多囉。』

『當然，這是一種冒險，這已經在我預想之中。我想危險性是有一點的，不過卻很小。我準備冒這一次險。』（第一部十八章二四七頁）」

尤其像伊莎白果眞如拉夫所望，變得有錢以後，亨利耶妲又對她進了一片忠言，那種靈異性，簡直就像「紅樓夢」中，鳳姊從散花寺裡抽出來的那枝神籤一樣：

「『你的危機是太過於活在自己的夢想中了，你和現實世界的接觸不夠——這個「你爭我奪」、「勞人草草」、「多苦多難」，也許我應當加上「罪惡淵藪」的世界才對。你是個非常難於取悅的人，你同時充滿了優裕的幻覺。你近日繼承來的幾萬鎊遺產，會把你日漸關閉在一個狹窄的圈子裡，那裡面的人是自私自利而又冷心冷腸的，他們唯一的興趣，是如何捏牢這幾萬塊錢。』」

張愛玲的「爐香」，摒棄了這一種「昔日戲言身後事」式的伏筆，因爲薇龍和伊莎白不同，不是一個受到「過份保護」的少女，也沒有這麼衆多的婚姻顧問。像我在前文所指，「爐香」中的伏筆，是和象徵混凝成一片的；

而所謂象徵，必得借助於具體的意象。仔細研讀之下，張愛玲在「爐香」中，頗喜運用動物性的意象，自成一個系統，有條不亂。像是她形容梁太太家的花園，「是亂山中憑空擎出的一隻金漆托盤，……草坪的一角，栽了一棵小小的杜鵑花，正在開著，花朵兒粉紅裡略帶些黃，是鮮亮的蝦子紅。」至於那玻璃窗旁邊，「配上雞油黃嵌一道窄紅邊的框。窗上安著雕花鐵柵欄，噴上雞油黃的漆。」

最有趣的，是「薇龍在玻璃門裡瞥見她自己的影子——她自身也是殖民地所特有的東方色彩的部份。她穿著南英中學的別緻的制服，翠藍竹布衫，長齊膝蓋，下面是窄窄褲腳管，還是滿清末年的款式，把女學生打扮成賽金花模樣。……」

「薇龍對著玻璃門扯扯衣襟，理理頭髮……她對於她那白淨的皮膚，原是引為憾事的……但是她來到香港之後，眼中的粵東佳麗大都是橄欖色的皮膚……曾經有人下過這樣的考語：如果湘粵一帶深目削頰的美人是糖醋排骨，上海女人就是粉蒸肉。……姑母這裡的娘姨大姐們，似乎都是俏皮人物，糖醋排骨之流。」

根據日後事實證明，梁太太在香港半山區，等於開了一家高級堂子，「食色性也」，張愛玲借用動物意象，來形容梁府景物，再恰當也不過了。此所以那個花園，「在荒山裡彷彿是憑空擎出的一隻金漆托盤」，配著裡面一色色的「糖醋排骨、粉蒸肉」，還有黃膩的雞湯、紅油蝦，不正是一頓豐富的大餐，可供「逐臭之夫」司徒協和浮滑浪子喬琪喬這種嫖客，過屠門而大嚼麼？尤其妙不可言的，是把薇龍「打扮成賽金花模樣」，等於作者在薇龍一進門時，對她的下場，作出了預言式的宣告，像這一類的伏筆，在全篇中比比皆是，和詹姆斯的「戲言身後事」比較起來，又屬於另外一種風韻了。

結論

伊莎白的個性，是想像力豐富、活潑外向，而又喜歡冒險的，「她的想像力，由於習慣，是活潑得近乎荒唐，如果遇著門沒有開的時候，它會從窗口跳出去。她是不習慣將想像力鎖在門栓後面的。同時，在重要的時刻，當她必須善用判斷力時，她卻因爲一味祇知道觀看，不懂得判斷，而付出了罰鍰。（第一部四章四十二頁）」

伊莎白又像伊甸園的夏娃，酷愛尋求新的知識，「儘管她的嗜好如此，逢到必須揭起幕帘，向沒有光亮的角落打量一眼時，她又會很自然地感到踟躕不前。她對於知識的熱愛，和她對於無知的纖細容量，是同時並存的。」

無知、好奇、想像力豐富，奢言獨立自由，卻嫌判斷力不足……像這樣的少女，再加上腰纏萬貫，自然很容易爲老謀深算的魅洛夫人所趁了。薇龍的想像力，也許不若伊莎白那樣豐富，她也沒有伊莎白那種對於知識、自由獨立的強烈嚮往（儘管她投身梁府，是以籌借學費爲由），相形之下，薇龍的個性，偏向被動，但是在好奇、無知方面，這兩位少女倒是無獨有偶的。所謂好奇，當然包括了對於虛榮的嚮往。薇龍酷愛時裝，伊莎白迷醉於魅洛夫人的風度、奧斯曼的冷漠瀟灑，都可以說是一種虛榮，尤其在高潮來臨的時候，薇龍和伊莎白一樣，面臨了各種選擇，而終於「因爲情況所需，表現出英勇的氣概來」（借用前引「仕女圖」中的一句話），作出了不利於自己的決定。僅僅這一點，都使人讀來，爲之愴然不已。薇龍因爲家貧，投靠了姑母，結果身不由己，受人利用；伊莎白原以爲金錢能夠換取自由，可以不必爲了飯碗而嫁人，結果反而蒙受其害，在婚姻上觸了礁。通過了兩位作家悲劇嘲弄性的觀照，使我們不免深深體驗到，金錢眞是萬惡，無論「有」或者「沒有」，一個人難免不受到金錢的捉弄。當然，最令人悲愴的一點，是命運對於一個人的擺佈，其殘忍性似乎較之金錢，猶有過之而無不及！

後記：本文所引「仕女圖」各節，係依據Modern Library 出版的叢書本。「仕女圖」聽說香港已有譯本，本文書名，係採取香港譯名，但譯文由作者自理。

關於「沉香屑——第一爐香」

日昨接到夏志清先生從紐約寄來的一封信，信內附寄了兩張複印本，原來是從民國三十二年五月十日上海出版的紫羅蘭雜誌復刊第二期上Xerox下來的。這篇文章的作者是周瘦鵑，寫的是關於張愛玲女士，和她的小說處女作「沉香屑——第一爐香」在他主編的紫羅蘭雜誌上，如何獲得刊登的經過。夏先生認為，我最近剛在「人間」刊登了「第一爐香」和「仕女圖」的比較分析，何不也將這篇文章披露出來？讓喜愛閱讀張女士作品的朋友，能夠更進一步瞭解到斯人和她的「爐香」？夏先生的美意我實在不忍拂逆，現在就商請原先刊登拙作「『爐香』裊裊『仕女圖』」的中國時報，重刊一遍這篇歷時將近三十年的舊文。文末我稍加按語，也可以說是「水經注」吧！

寫在紫羅蘭前面

周瘦鵑

一個春寒料峭的下午，我正懶洋洋地耽在紫羅蘭盦裡，不想出門；眼望著案頭宣德爐中燒著的一枝紫羅蘭香裊起的青煙在出神。我的小女兒瑛忽然急匆匆地趕上三層樓來，拿一個挺大的信封遞給我，說有一位張女士訪問。我拆開一瞧，原來是黃園主人岳淵老人介紹一位女作家張愛玲女士來，要和我談談小說的事。我忙不迭的趕下樓去，卻見客座中站起一位穿著鵝黃緞半臂的長身玉立的小姐來向我鞠躬，我答過了禮，招呼她坐下。接談之後，才知這位張女士生在北平，長在上海，前年在香港大學讀書，再過一年就可畢業，卻不料戰事發生，就輾轉回到上海，和她的姑母住在一座西方式的公寓，從事於賣文生活，而且賣的還是「西」文，給英文泰晤士報寫劇評、影評，又替德人所辦的英文雜誌「二十世紀」寫文章。至於中文的作品，除了以前給「西風」寫過一篇「天才夢」後，沒有動過筆，最近卻做了兩個中篇小說，演述兩段香港的故事。要我給她看行不行，說著，就把一個紙包打開來，將兩本稿簿捧了給我；我一看標題就叫「沉香屑」，第一篇標明「第一爐香」，第二篇標明「第二爐香」，就這麼一看，我已覺得它很別緻，很有意味了。當下我就請她把稿本留在我這裡，容細細拜讀；隨又和她談起「紫羅蘭」復活的事，她聽了很興奮，據說她的母親和她的姑母都是我十多年前「半月」、「紫羅蘭」和「紫蘭花片」的讀者。她母親正留法學畫歸國，讀了我的哀情小說，落過不少眼淚，曾寫信勸我不要再寫，可惜這一回事，我已記不得了。我們長談了一點多鐘，方始作別。當夜我就在燈下讀起她的「沉香屑」來，一壁讀，一壁擊節，覺得它的風格很像英國名作家Somerset Maugham的作品，而又受一些「紅樓夢」的影響，不管別人讀了以爲如何，而我卻是「深喜之」了。一星期後，張女士來問我讀後的意見，我把這些話向她一說，她表示心悅神服，因爲她正是S. Maugham 作品的愛好者，而「紅樓夢」也是她所喜讀的。我問她願不願將「沉香屑」發表在「紫羅蘭」裡，她一口應允，我便約定在「紫羅蘭」創作號出版之後，拿了樣本去瞧她，她稱謝而去。當晚她又趕來，熱誠地約我們夫婦倆屆時同去，參與她的一個小小茶會。「紫羅蘭」出版的那天，鳳君因家中有事，不能分身，我便如約帶了樣本獨自到那公寓去，乘了電梯直上六層樓，由張女士招待到一間「潔而精」的小客室裡，見過了她的姑母，又指著兩張照片中一位豐容盛鬋的太太給我介紹，說這就是她的母親，一向住在新加坡，前年十二月八日以後，杳無消息，最近有人傳言，說已經到印度去了。這一個茶會中，並無別客，祇有她們姑姪倆和我一人，茶是牛酪紅茶，點是甜鹹具備的西點，十分精美，連茶杯與點碟也都是十分精美的。我們三人談了許多文藝和園藝上的話，張女士又拿出一份她在「二十世紀」雜誌中所寫的一篇文章「中國的生活與服裝」來送給我，所有婦女新舊服裝的插圖，也都是她自己畫的。我約略一讀，就覺得她英文的高明，而畫筆也十分生動，不由不深深地佩服她的天才。如今我鄭重地發表了這篇「沉香屑」，讓讀者來共同欣賞張女士一種特殊情調的作品，而對於當年香港所謂高等華人的那種驕奢淫逸的生活，也可得到一個深刻的印象，後來他們飽受了砲火的洗禮，眞是活該！（下略）

水晶註：

（其一）周瘦鵑是所謂「禮拜六派」的小說家，當年在上海，約當民國二、三十年，想亦曾紅極一時，否則張愛玲女士不會請託黃岳淵老人引薦，求教於他。禮拜六派的小說，說來慚愧，我是一篇也沒有讀過，未敢創纂置評；不過張恨水的白蛇傳、啼笑姻緣，最近因爲受了張女士的影響，倒是殷勤地去翻了一遍，發覺這兩本書，寫得套一句張女士自己在「回憶胡適先生」一文裡的話，「實在是壞，實在是壞。」禮拜六派大概和張恨水的小說，是一枚銅幣的兩面吧？既然翻過了一面，另一面亦可「思過半矣」！

（其二）張女士既然把自已的第一篇小說，投給了周瘦鵑主編的「紫羅蘭」，想必自認「爐香」的風格，跟這本雜誌上的其他小說，譬如說，「新秋海棠」，是甚爲相近的。殊不知兩者縱然「性相近」，其實「習相遠」，很不一樣！論者謂亨利・詹姆斯的小說，摭拾的也是鴛蝴派一類的題材，然而終究能夠蛻化成爲白鶴，戛然沖天飛去，而不泥途於花叢者，此無它，唯有冷靜的邏輯，深刻的感受，和錘鍊的技巧。此三者詹姆斯俱有，而張愛玲亦屬兼美，唯獨張恨水缺乏，遂流於庸俗，而不復觀矣！張愛玲早年寧願委身於庸脂俗粉的行列，彷彿「爐香」裡的薇龍，忽然降格和丫頭睇睇、睨兒站在一起，實在使人覺得有點錯愕！因爲一個初初出山的作家，這樣一來，會令讀者產生一種錯覺：以爲她也是一隻鴛鴦，或者蝴蝶。作家有時候對於自己，會發生過高或者過低的估計，而不能做到允執厥中的地步，早年的張愛玲，便是一個很好的例子；儘管後來她像「蘇小妹、董小宛之流，從粉頭群裡跳出來，自處甚高」，那是後語了。西洋小說家亦不乏同樣的例子，像是馬克·吐溫的「頑童歷險記」（Huckleberry Finn），作者下筆的時候，並沒有將它看成是不世出的傑作，此所以這本書在結構上，有一個明顯的紕繆，害得無事忙的批評家們，時常引起一番無謂的口舌之爭。好事者遂爲此杜撰了一種說法，認爲馬克·吐溫是個「不自覺的藝術家」，我想張愛玲也是這一類「不自覺的藝術家」吧？

（其三）周瘦鵑將「爐香」和毛姆的小說相提並論，是一種順手牽羊的說法。毛姆在國人心目中，一度竊佔了第一派小說家的尸位，此話不知從何說起？毛姆是道地的玩世不恭、心地促狹的「犬儒派」（Cynic）。似乎寫小說的朋友，一入犬儒派，便無足觀，此話信然。毛姆對於人性的挖掘，是淺嘗輒止的；他又是一個淺薄的「泛性惡論」者，根本無法體識到人心罪惡深處的那種顫抖與跫音！所以他的抒寫，往往是直起直落的，自以爲是的，像這一種寫法，久而久之，會流入形式化，而無法做到「山外有山，樓外有樓」的層次。其他如字句詞彙的陳腐，莫泊桑式輕車熟路說故事的方法，以及視意象運用爲畏途……在在都成爲毛姆小說的致命傷！所以自始至終，毛姆都停頓在說故事階段，而不曾更進一步，發憤使自己成爲一個小說家。周瘦鵑在文中，將「爐香」和犬儒派的毛姆故事相比，又說張女士聽了，心悅神（誠）服，很難使得後來者悅服！像這一點，再度證明了張女士一上來的時候，便投錯了門！至於她爲什麼仍然成爲一個嚴肅的作家，恐怕連她自己也弄不明白的。

（其四）從這一篇三十年前的文章裡，可以看出張女士年輕的時候，事事爭取主動，有著極其堅定邁進的個性。普通一般人投稿，最多把稿件寄出，再請人薦舉一番就是了。張女士卻不然：既經黃園老人推介在先，又親自踵門求教，後來又爲這位禮拜六派的編者，舉行了一個小小的茶會，足見在處理此事上，處處都顯出「那奇異的尊重與鄭重」來！胡蘭成在「今生今世」書中，亦說是張女士主動去看他，而不是他來看她。根據「回憶胡適」一文，足證周瘦鵑、胡蘭成兩人所寫，都足以採信，因爲張文自述和胡適交往的經過，也直陳是她先去拜望適之先生。我去年有幸蒙她約見，說來說去，最後衝破「鐵幕」，還是出於她自己的決定，似乎和我這一方的鍥而不捨，關係不大。因爲是她寫信來約我去的。從上述的事例來看，她實在和常人有點兩樣，這種人無以名之，祇好稱做「奇女子」！我想起在柏克萊她三層公寓裡，嘗到的咖啡、番石榴和布丁，和三十年前在上海，周瘦鵑享用的精美西點，一方面舉額稱慶，眞是「何幸邀恩寵？」一方面又覺得頗爲有趣——不知道張女士會不會把我看成是周瘦鵑一類鴛蝴派的文人？

（其五）周瘦鵑談到張女士的姑姑，母親等等，和流言印證起來，亦足取信。「爐香」發表於民國三十二年五月，此後佳作一篇一篇寫出來，以迄三十四年八月，抗日戰爭勝利爲止，這期間她寫成了「傳奇」（短篇小說集前身）和「流言」兩書，飛速的產量，有如公孫大娘舞劍：「來如雷霆收震怒，罷如江海凝清光」，當然文章一出，也有杜甫所寫：「觀者如山色沮喪，天地爲之久低昂」的氣勢的！胡蘭成也讚嘆「她的一枝筆千嬌百媚」，又說讀者看她的作品，「彷彿元宵節逛燈市」，都不是過份的揄揚！難得的是：短短三年，（斯時她的年齡，大概是從二十三歲到二十六歲），她不但豐饒多產，而且篇篇精采，敗筆甚少，這也是另外一個令人稱奇的地方，不得不書之補上，以誌其異。又張愛玲的母親，是南京黃軍門的千金。黃園老人大概是她母親這一方面的親戚，說不定就是她的外祖父。

（一九七二年五月十四日謹誌）

潛望鏡下一男性

——我讀「紅玫瑰與白玫瑰」

一

我曾經在「試論張愛玲『傾城之戀』中的神話結構」一文中倡言「五四以來，寫男性心理最成功的，當推『紅玫瑰與白玫瑰』中的佟振保。」現在，在全文大幅度討論「紅、白玫瑰」之初，我們也許應當在「男性」與「心理」之間，多嵌一個「性」字——也就是「男性性心理」——才對。

談起「性」，自從西洋出了個弗洛伊德（Sigmund Freud），主張人活下去的主要推動力量，無一不導源於「性」以來，「性」便在文學創作裡，逐漸匯成一股洪流，它不但取代了十八、十九世紀之諷刺、說教和社會批評，而且滔滔滾滾，鬧成了今日一個泛濫決堤，不可收拾的局面。像是常爲批評家們說成是十九世紀末、二十世紀三大名著的「卡拉馬助夫兄弟們」（Brothers Karamazov），「尤里西斯」（Ulysses），和「往事追憶錄」（A la Recherche du Temps Perdu），便是從性心理潛在的因子裡，探索人類弒父、戀母、近親相姦、同性戀……種種慾望和「情意結」（Complex）的記錄——當然這些記錄是經過藝術加工，提煉淨化了以後的產品，而不是直起直落的構案。

回顧一下我們自己的文學，似乎祇有一部紅樓夢，能夠滿足我們在這一方面的好奇。紅樓夢有關性的常態和變態的描寫，幾乎是無所不包的。曹雪芹（如果他的確是這一部書的作者的話）誕生於一七一二年左右，和弗洛伊德相距有一世紀半之遙；也許是「偉大心靈、息息相通」吧，儘管他沒有涉獵到弗氏的那些皇皇巨著，卻照樣能夠將成熟期間的男性所遭遇到的各種性問題，十分傳神地展示出來：例如「遺精濕夢」（wet dreams）——見「賈寶玉神遊太虛境」；「性之啓蒙」（sex initiation）——見「賈寶玉初試雲雨情」；「隱性同性戀」（latent homosexuality）——見「宴寧府寶玉會秦鐘」等等，都是「性」的種子，經過作者心靈的沃土培育後，所萌發出來的艷麗花枝。

「除卻巫山不是雲」，除紅樓外，我們眞的不容易在中國文學史上，找出另一本跟弗氏學說暗合消息的書來。或謂金瓶梅所寫的，也是和性心理有關的故事。不錯，金瓶梅主要想刻繪的，正是一個淫棍西門慶，如何玩弄女性的前因後果，不管這個女性如何馴善，像李瓶兒；或者怎麼奸佞，如潘金蓮，都不分彼此，受到西門慶的摧殘和戲弄，最後一個死了，一個和西門的女婿陳敬濟私通，企圖以亂倫的方式，取得某種「擺平」式的心理補償，還是逃不脫爲大婦吳月娘放逐販賣的命運。然而金瓶梅寫的不是正常的性心理，而是「虐待狂」（sadism）和「被虐待狂」（masochism）；似乎西洋祇有在Marquise de Sade的著作裡，才能找到這一類型的描寫，金瓶梅因此祇有特別性，而無普遍性了。餘如水滸傳左一句「那淫婦」，右一句「那淫婦」，將女人恨入骨髓。對於兩性關係，自然無法有客觀、中和的描寫。「品花寶鑑」空有了極好的題材，作者卻不能善加運用，祇草草交代了一個清朝士大夫和男優們酬唱交遊的故事，眞是「空入了寶山」一回，尤其到了緊要關頭，作者忽然停下筆來，讓角色們也放下屠刀，痛哭流涕地訓己誨人，使讀者感到的滑稽，猶勝錯愕。

到了五四以後，作家們進入了一個新天地，更是鮮少有性和心理方面的著力描寫。有之，似乎祇有一個郁達夫。他和王映霞的戀愛，經常是文人雅士寫隨筆的好題材；也許不亞於徐志摩和陸小曼，這兩人之間的一段情，同樣逗人遐思，引人神往。可惜郁達夫的天才極其有限，當年受人擊節讚賞的那些短篇，今日讀起來，有如褪了色的紅妝，顯得「還與韶光共憔悴，不堪看」了。我在討論「紅、白玫瑰」同時，將形容猥瑣的郁達夫拖出來，予以鞭「屍」，迹近殘忍。但是遍觀五四以來的中國文壇，實在不容易找到第二個作家，在性和男性心理方面，下過如此這般一番工夫（儘管有些地方是白費了的），也就顧不得觸犯「唐突先輩」這道天條了。

借用五四時代一般文人的口頭禪，郁達夫早年所「做」的幾篇小說，像是「過去」、「茫茫夜」、「沉淪」、「銀灰色的死」……主角一言以蔽之，便是達夫先生他自己。這個人年齡大約在二十一到二十五、六之間。早婚，育有一子，但妻兒多半不在身邊，因爲他的經濟窘迫，無力養家。這個人患了憂鬱症，簡直「濃得化不開」；再加上肺癆、吐血、酗酒，無論在生理上或者心理上，都是屬於早衰一型。這個人家有老母，對他期望甚高，可惜他不知振作，沉迷酒色，或者變態的情慾之中，常常驚悸於自己的罪愆，無法自拔。這個人又是個舊式的詩人，滿懷憂時愛國之思，這種情操，賦予他幾分拜倫（Lord Byron）氣，可是他不能像拜倫式的英雄，到外面去闖蕩江湖，幹一番大丈夫的事業。他雖然也會浪跡天涯，不過他的腳跡，絕不會像劍俠唐璜（Don Juan）那樣深入不毛，和茹毛飲血的食人族爲伍。他的腳跡，最遠不會超過東瀛三島。而且，他過的是寄生蟲般的無聊生活，甚至連應酬酒女的纏頭之資也付不起；不過他的情慾卻很旺盛，常常禁不住自己，做出有違天恩祖德之事來，然後又後悔不迭，慚恥忍割，最後祇有出諸自殺一途。在高潮來臨的時候，這個人有時會吶喊，有時會狂嘯，有時會嘆息，有時會痛哭流涕。種種鎚胸脯打手勢的姿態，無非說明了作者「做」小說時豐富的情感，讀者的感受，卻是固定的——我的意思是說：他可能被感動，也可能根本無動於衷，而很不幸地，我是屬於後一類的。

郁達夫幾篇最叫座小說中的主人翁，不客氣地說，祇是一種「固定模式」（stereotype），那也是浪漫派「拜倫式」英雄，和「維特式」憂鬱青年合併起來，「相加」再「除二」。這種既憂鬱又熱情的青年，最易受到某一年齡梯階的讀者所歡迎。郁達夫當年的成功，也就是基於這一點。

郁達夫在他所「做」所謂「頹廢派」的小說裡，至少犯了兩個極大的錯誤：其一是「溫情主義」；其二是「文藝腔」，至於文體的粗糙，措詞的欠斟酌、竄劣等等，猶爲餘事。「溫情主義」和「文藝腔」是一雙孿生的怪物，它們原來在中土滋生的章回小說裡，似乎並不多見，就以剛才所引的「品花寶鑑」爲例吧，「品花」令人不能忍受的，倒不是「溫情」或者做的「文藝腔」，而是作者的假道學和傳教士口吻，譬如在小說中嚴重考驗到一個作者功力的檔口，忽然出現了幾行標語、一篇勸世文，將該說該寫的地方偷工減料一篇帶過。我想溫情主義是在五四以後，借著翻譯小說的煽風點火，和文藝腔（後來逐漸發展成爲文藝濫調），一道竄紅起來的。那時候的青年知識份子，除了嚮往「革命」以外，又醉心於泰戈爾浪漫哲理派的詩篇，像是冰心女士，她便寫了許多深受泰戈爾影響的長短句，有「繁星」、「春水」爲證。她那本謳歌讚頌母愛、童心的「寄小讀者」，更是溢滿了溫情主義和文藝腔的作品。郁達夫和冰心女士幾乎生長在同一時代，除非他有獨特一貫的「觀照」，又怎能置身於溫情浪潮之外？所謂「溫情」，便是「不眞不實」的感情，或者自以爲是，以假做眞的感情。像冰心的小說裡，祇有好人；男女主角所碰到的人，更是百不挑一、好人中選出來的好人。在這一種祥和空氣的籠罩下，難怪她的女主角要多愁善感，迎風流淚了，因爲現實生活裡，這種好人是可遇不可求的。單爲了這一點，她也得感謝上蒼，心緒激動的跪下來，在「靜寞中獻出她無端的淚點」來呢！和冰心比較之下，郁達夫自然「世故」多了，但是，他的男主角，其境遇儘管不若冰心小說中人那樣順遂，其情感的豐沛，眼淚的一發不可收拾，在本質上根本沒有什麼兩樣。也許就因爲這種氾濫的溫情，作者杜撰了一種矯揉造作的文體，來藉此爲他的書中人，發抒溫情。這裡隨便摭拾「沉淪」中的一個片段，來作爲我這一淺見的註腳：

「他看看四邊，覺得周圍的草木，都在那裡對他微笑。看看蒼空，覺得悠久無窮的大自然，微微的在那裡點頭。一動也不動的向天看了一看，他覺得天空中，有一群小天使，背上插著了翅膀，肩上掛著了弓箭，在那裡跳舞。他覺得樂極了。便不知不覺開了口，自言自語的說：

『這裡就是你的避難所。世間的一般庸人都在那裡妒忌你，輕笑你，愚弄你；祇有這大自然，這終古常新的蒼空皎日，這晚夏的微風，這初秋的清氣，還是你的朋友，還是你的慈母，還是你的情人，你也不必再到世上去和那些輕薄的男女共處去，你就在大自然的懷裡，這純樸的鄉間終老了罷。』

這樣的說了一遍，他覺得自家可憐起來，好像有千萬哀怨，橫亙在胸中，一口說不出來的樣子。含了一雙清淚，他的眼淚又看到他手裡的書上去。」

如果我們撇開作者粗鄙欠通的文理不說，單是揀取文中的思想來推究，我們會發覺，至少這個男主角，是個「泛神論者」，他覺得，「天地間無處不神明」，對於大自然的景色，充滿了盧騷兒女式的憧憬，一陣孺慕之思過後，他隨即又爲「自憐」的情緒所漲滿。而他這種感觸，是因爲看到大自然景物的可愛與純潔，才引發起來的。至於他爲什麼忽然會「從微笑的草木」一下子反彈到本身，「覺得自家可憐起來，好像有千萬哀怨，橫亙在胸中，一口說不出來的樣子……」則唯有天知道了。還有他爲什麼「一動也不動的向天看了一看，覺得天空中，有一群小天使，背上插著了翅膀，肩上掛著了弓箭，在那裡跳舞……」？是不是作者借此預示讀者：男主角即將掉進愛河裡去了？然而，故事發展到後來，我們又發覺不是這樣的，眞是除了茫然以外，還使人感到焦灼不耐。郁達夫也算得上是一個會折騰人的作家了。

千萬別小覷了「溫情主義」和「文藝腔」。五四自發軔到今天，少說也過了半個世紀了吧？然而這一雙孿生子所遺下的風流餘毒，到今天還在那裡「聖人不死，大盜不止」，生生不已地循環下去。我們看到了多少篇錯把溫情當作感情來描寫的小說？還有多少一輩子住在都市的作家，在想像中將大自然（多數是農村風景）作爲他最終樂園來謳歌禮讚的「華麗」文章？郁達夫在溫情和文藝濫調方面，是跑在前幾名以內的始作俑者。就憑這點而論，他比起後起的那些陳陳相因的作者來，也要高出一籌。

二

張愛玲「紅、白玫瑰」中的男主角佟振保，無論就個性、職業、人生觀、處世態度各方面來衡量，都和郁達夫的男主角相反；換一句話說，他們是一雙「對角線」的弟兄。佟振保「做人做得十分興頭」：積極、進取；義氣、克己。這種人腳踏實地，因爲「他是不相信有來生的，不然他化了名也要重新來一趟。」也許是性格使然吧，佟振保從小便在工廠當練習生，後來因績優被派往英國，繼續修習紡織工程，回到上海，在一家老牌子的外商染織公司做事，做到很高的位置。郁達夫的憂鬱青年也是留學生，因爲學的是文學，回國後祇能教教書，或者流浪，當無業遊民，或者「做」小說賣錢，境遇便完全兩樣了。還有一點，兩人也頗爲類似：他們都像是依靠母親的辛苦撫養，長大成人的。兩人都極孝順：郁達夫的男主角，聽到母親嘀咕抱怨，從來不曾還過嘴（見「煙影」、「在寒風裡」）；佟振保也會「感到外界的溫情的反應，不止有一個母親，一個世界到處都是他的老母，眼淚汪汪，睜眼祇看見他一個人。」

此外，兩人相同的地方，便很少了。佟振保「事奉母親，誰都沒有他那麼週到」；而郁達夫的男主角，連妻兒都無力贍養，安得有餘資供菽水之養呢？然而佟振保推己及人，連兄弟、朋友都受到他的恩惠，因爲「提拔兄弟，誰都沒有他那麼經心……待朋友，誰都沒有他那麼熱心，那麼義氣、克己。」而郁達夫的男主角，必定和家庭鬧點意見（見「沉淪」、「在寒風裡」），和家人很少往來。至於朋友呢，在這個人的「孤獨國」內，自然更是少之又少了。要不，便是青樓中侑酒的「粉頭」；基於他和她之間存在著的，祇是嫖客和妓女的關係，所以嚴格說來，不能算是朋友。而這一層關係，因爲涉及「性」，對於結婚多年的佟振保而言，倒是並不陌生。

記不清楚有哪一位西洋作家，說過這樣一句話：「在我們每一個人的心中，都曾經有一位詩人活過，不過很快便夭折了。（In each of us there was a poet that died young）」是的，恁憑你是誰，大概也經過那一陣子憂鬱的蒼白的寂寞的十七歲和十八歲吧？我剛才所說，對於郁達夫所寫的那些故事無動於衷，並不是斷然反對一個作家截取這一段年齡的人生，作爲他描摹的對象，而是想說，郁達夫沒有把這一種題材把握好，將它寫得盡善盡美。即使拿佟振保這樣一個「工」氣十足的人來說吧，儘管「富貴閒人和文藝青年前進青年會笑他俗」，他在留學英國期間，仍然有過類似「沉淪」中男主角的豔遇——一個巴黎的妓女；又和一個名叫玫瑰的雜種姑娘，談過一次認眞的戀愛，「因爲這次初戀，所以他把以後的兩個女人都比作玫瑰。」也許，佟振保這個人，壓根兒就沒有詩人的氣質；「詩人」從來不曾在他心中投過胎，當然談不上早夭了。不過，就他和「紅玫瑰」王嬌蕊的一段羅曼史來看，我們發覺佟振保有時也會說一兩句「精緻的俏皮語」（這一點容後再細論）；甚至有一次，他還舞文弄墨，寫出「心居落成誌喜」這樣詩意盎然的字句來。嬌蕊瞭解振保很透徹，在他們秘密偷情期間，她這樣進一步分析他的性格：

「……你處處剋扣你自己，其實你同我一樣的是一個貪玩好吃的人。」

我所以這樣不憚煩地，說了這一大堆話，無非想證明一點：世上的男人雖有學工、學文的，也有所謂「雅」、「俗」之分，追根究底「食色性也」，他們在性的基本要求上，是沒有什麼太大的差別的。此所以郁達夫式男主角在性行爲上的種種特徵（說他們是變態性行爲也好！）像是偷窺、手淫、嫖妓、戀物癖（fetish）等，我們在比較保守，比較「忠厚」的佟振保身上，也多半可以找到。倒並不因爲振保是俗人，而郁達夫的主角是雅人，便產生了差異。既然這兩個「標本」大致一樣，作者處理時的手法，以及各自對於人生觀察瞭解與體驗，才是眞正引起最大差別的癥結所在。

三

古人在指導後進該如何作文的時候，開宗明義地說：文章要有「起承轉合」，這話移用到「做」小說上，當然也是通的。綜觀郁達夫那幾篇馳名的小說，像「過去」，「茫茫夜」，「沉淪」，「銀灰色的死」等，它們儘管有著外貌上的起承轉合，如果我們用心地研判一下，便會發覺：這些小說的「起承轉合」，祇是浮面的機械的虛應故事，彷彿木偶身上的絞鏈，祇有把零碎木塊整合起來的作用，並沒有像"Pinocchio"的作者，度一口生氣給那木偶，讓它也像眞人一般活過來。換一句話說，郁達夫所「做」的，祇是一種近乎醜聞的「暴露」（expose），而不是小說，因爲這些故事，缺乏內在的邏輯，也就是內在的「起承轉合」，再說得「入畫」一點，郁達夫的小說，像一隻陀螺，它祇會在原地打轉，不會前進。而好的小說，不但外在的情節在變，故事的核心（往往依附在主角的心理狀態上）也跟著改變，這樣，讀者才不至於空勞往返，一無所獲。假使以幾何的名詞出之，好的小說是一個「拋物線」，不是一個「點」。郁達夫講給我們聽的故事，儘管有血有淚，「不由得你不感動」，不客氣地說，祇是一個「點」，一個原地打轉的陀螺。我們祇消摘取故事中任何一段，消遣消遣便得了，用不著當一個整體來看，因爲從頭到尾，我們的主角總是那一副同樣的嘴臉，不同的祇是他遇到的那些事件而已。世上還有比這一種更討便宜的「做」小說方法嗎？

譬如像「沉淪」中的他，「茫茫夜」中的質夫，「銀灰色的死」中另一個他，「煙影」中的文樸，讀來讀去，我們絲毫找不出男主角心理上發生了什麼變化，除掉客觀方面的，不是死，就是唉聲嘆氣；或者哭泣。「紅、白玫瑰」便不同了，很有趣地，故事的外貌，在結尾的時候，倒是改變得很少，我們祇知道紅玫瑰又嫁了人，嫁了姓朱的商人，生了個兒子，她並沒有自殺，振保也沒有。然而，改變得最多的部份——同時也最不易為外界覺察到的——是振保對待女人的態度，這當然是從性心理出發的；單是在這一方面，張愛玲便迴環曲折地，「做」出了許多迴腸盪氣的文章，而不是在原地抽陀螺，抽的人固然滿頭大汗，看的人卻未必感同身受。

下面我即將討論的，是張愛玲如何借用一個「貌不驚人」的故事軀殼，向我們赤裸裸地展示了佟振保這個人，和他在戀愛婚姻生活上遇到的挫折和失敗，有一部份，是屬於這個人在性心理方面的隱私，作者也並不避諱地寫了出來。正因為作者處理這篇小說的態度，不是以暴露為主，我們讀完了全篇故事後，眞的有如作者在「短篇小說集」的序言裡所寫，祇有「哀矜而勿喜」，從而對於我們本身在這一方面的缺陷和偏嗜，產生更深一層的憬悟和瞭解，也使我們更易於同情別人的「情非得已」與「可憐」。在討論過程裡，不可避免地，我將借用郁達夫有關男性性心理的描寫，和「紅、白玫瑰」中，張愛玲遇到類似課題時的處理手法，作一分析性的比較。

「紅、白玫瑰」一開始的時候，作者用種種實例，介紹佟振保出場，說他是個好人，又說他因爲和玫瑰的一段羅曼史，贏得了柳下惠坐懷不亂的好名聲。到了結尾時，作者這樣寫：

「第二天起床，振保改過自新，又變了個好人。」

這個「好」，和故事一開頭時的好，完全兩樣了。這個「好」，是作者嘲弄性的一記曲筆，和振保以前的那種好，是截然不同的。作者雖然口口聲聲讚振保好，可是，經過了他的「遺棄」王嬌蕊，經過了他對於妻子白玫瑰孟煙鸝的蓄意虐待和撒野咆哮，我們仍能將他和「童」男子期間的振保，等量齊觀麼？所以，在表面上，作者似乎在原地上抽陀螺，跟郁達夫一樣，實際上，讀者被她絜領著，作了李白的詩中人，早已經領略了不少「月下飛天鏡，雲生結海樓」的奇景了。

像振保這樣的一個「好」人，其實和郁達夫的男主角差不多，是一個性慾很旺盛的人。令人注意的一點是：張愛玲在處理這篇小說的時候，鏡頭對準了振保，儘管題目叫「紅玫瑰與白玫瑰」，認眞說來，主角卻祇有一個人，那便是振保，她所採取的「觀點」，順理成章地，也跟著振保轉；換一句話說，她展示在讀者前面的，是通過振保的一雙眼睛所看到的世界。這一層「認知」很重要。有了這一層認知以後，我們不難明白，爲什麼小說一開頭的時候，作者這樣寫：

「振保生命裡有兩個女人，他說的一個是他的白玫瑰，一個是他的紅玫瑰。」

小說的觀點既然是男性，作者也就老實不客氣，在閒話表過後——介紹振保這個人的身世，待人接物等——立即單刀直入，談到他的嫖妓和性方面的偏嗜——「戀物癖」（fetish）；這兩樣癖好，因爲他日後婚姻的不美滿，正式成爲調劑他單調生活的兩杯酒。振保的「戀物癖」深具爆炸性，也許，在一般人眼中，看來很平凡的一個動作，一樣物事，他卻會覺得蘸飽了性的挑逗和刺激，譬如他在英國留學的時候，到巴黎去玩，邂逅了一個妓女，事後追憶起來，一無是處，然而，

「浪漫的一部份他倒記不清了，單揀那惱人的部份來記得。外國人身上往往比中國人多著點氣味，這女人自己老是不放心，他看見她有意無意抬起手臂來，偏過頭去聞了一聞。衣服上，胳肢窩裡噴了香水，賤價的香水與狐臭與汗酸氣混和了，是使人不能忘記的異味。」

這種異味既然使得振保不能忘記，可以想見它衝擊的力量。振保事後對於自己初次嫖妓的經驗，感到震怖和厭惡，最重要的原因，還在於這件事在他生命裡所代表的意義，這是他私生活走上下坡路的一個起跑點；實際上，暗地裡，「背著他自己」，他是食髓知味的。謂予不信，請看接下去作者怎樣寫——當然是繼續仿照振保那種「老吃老做」的聲口。

「嫖，不怕嫖得下流、隨便、骯髒黯敗。越是下等的地方越有點鄉土氣息，可是不像這樣。振保後來每次覺得自己嫖得精刮上算的時候便想起當年

的巴黎，第一次，有多麼傻。」

我說，振保第一次的嫖，不止是「傻」，還有心理上的障礙在內。爲什麼同樣是嫖，同樣是「嫖得下流、隨便、骯髒黯敗」，在巴黎的「初試啼聲」，卻「不像這樣」？當然是由於第一次的嫖，在振保的性心理上，是一個「結」，一種「創」（**Trauma**）。

振保學成回國後，因故住進他在英國的同學王士洪家裡去，在這裡，他邂逅到他生命中熱烈的紅玫瑰王太太，她的閨名喚做嬌蕊。他們第一次見面的時候，嬌蕊在洗頭，「堆著一頭的肥皂沫子，高高砌出雲石塑像似的雪白的波鬈。」她丈夫介紹她和振保認識，她一不小心，濺了點肥皂沫子到振保手臂上。正因爲振保是個有「戀物癖」的人，而且這種習性一觸即發，他才感到「那皮膚上便有一種緊縮的感覺，像有張嘴輕輕吸著它似的。」

接下來振保蹩進浴室裡去洗手。因爲王嬌蕊穿著件紋布浴衣，不曾繫帶，鬆鬆合在身上，又觸發了他的意淫毛病。「他開著自來水龍頭，水不甚熱……微溫的水裡就像有一根熱的芯子。龍頭裡掛下一股水，一扭一扭流下來，一寸寸都是活的。振保也不知想到哪裡去了。」

「微溫的水裡就像有一根熱的芯子。龍頭裡掛下的一股水，一扭一扭，一寸寸都是活的……」振保在意淫方面的想像力，是絕不會輸過賈寶玉的。仔細推敲一下，作者也眞會就地取材，如此平凡的道具，通過她女媧補天的巧手，產生了李清照筆下「非關病酒」的香艷和綺思，似乎和西廂記裡「露滴牡丹開」的句子比較起來，還要顯得渾成自然，不落痕跡些。

振保後來被士洪引導著，到他們夫婦倆的浴室裡去洗澡，「他抱著毛巾立在門外，看著浴室裡強烈的燈光照耀下，滿地的亂頭髮，心裡煩惱著……

振保的『戀物癖』，到此便一發不可收拾，洗完了澡，他蹲下地去，把磁磚上的亂頭髮一團團撿了起來，集成一股兒……他把它塞進褲袋裡去，他的手停留在口袋裡，祇覺混身熱燥。」

無獨有偶，王嬌蕊也是個有「戀物癖」的女人。王士洪由於業務上的需要，到新加坡去出一個短差，公寓裡剩下了嬌蕊、振保和他的弟弟篤保三個人，也正因爲「朋友中沒有一個不知道他是個坐懷不亂的柳下惠，他這好名義是出去了」，士洪才敢讓他跟自己的太太單獨相處；一方面嬌蕊的舊情人悌米孫，因爲振保夾在裡面，也不敢公然來跟嬌蕊糾纏。士洪這著棋，就理論上來說，是走得不差的——事實卻不盡然。振保和嬌蕊，兩人經過了幾番挑逗、掙扎和猶疑（這當然跟前者的謹行愼爲有關），有一天，氣候冷暖無常，中午時分，振保走回住所裡來取大衣，尋了半日找不到，著急起來，卻無意間發現，大衣鉤在起坐間牆上一張油畫的畫框上。緊跟著，他更加吃了一驚地發現：原來嬌蕊坐在他的大衣底下，正在點起他吸剩的煙蒂，讓那煙氛燻蒸著大衣上的煙味，一古腦兒籠罩著她。藉著在「戀物癖」方面的有志一同，振保對於嬌蕊，滋生了一種新的認識，當天晚上，振保老實不客氣地向嬌蕊展開挑逗，兩人終於發生了關係。

「戀物癖」固然是促成振保和嬌蕊，變成「黃鷹抓住鷂子的腳，兩個人都扣了環」的一個主因，卻不是唯一的扣環。兩個人磨蹭了好幾次，經歷了至少三次「大」場面，作者才讓他們做成一段萍水孽緣，而這種「大」場面，方是作者意興所在。換句話說，振保在這次偷情過程中，心理上的層巒疊翠、天光雲影，才是作者最關心的，這一點，讀者因爲可以當做借鏡，也應當是閱讀小說時，最關心的所在才對。相形之下，「戀物癖」所煽起的一陣艷麗奪目的「聲色馨」（sensation），反倒不太重要了。

說不出來是誰挑逗誰。從三次「大」場面看來，兩人都有點一廂情願。振保更是。嬌蕊在他眼中，固然是熱烈的紅玫瑰，說得粗俗一點，她更是一味羊肉，燙得慌，勾起他垂涎三尺，因爲「他喜歡的是熱的女人，放浪一點的，娶不得的女人。」這一下跟嬌蕊遇上了，簡直可以說是仇人相見，分外眼「紅」了。

他們兩人正式開始拉鋸戰，應該是在士洪去了新加坡的次日。這一天，振保回來，發現嬌蕊在打電話，果然不出士洪所料，是約她的情人悌米孫過來喝下午茶，看到振保，忽然改了主意，一面邀請振保進來喝茶，一面寫了張字紙，囑咐阿媽等悌米孫待會來的時候遞給他，請他自便。

振保反映在嬌蕊這一舉措上的心理，說來好笑，竟完全是男性的「自欺」，作者這樣寫：

「阿媽送了綠茶進來，茶葉滿滿的浮在水面上，振保雙手捧著玻璃杯，祇是喝不進嘴去。他兩眼望著茶，心裡卻研究出一個緣故來了。嬌蕊背著她丈夫和那姓孫的藕斷絲連，分明是嫌他在旁礙眼，所以今天有意的向他特別表示好感，把他弔上了手，便堵住了他的嘴……這女人是不好惹的，他又添了幾分戒心。」

他這一番心口相問，是可以自圓其說的。可是，振保一上來便錯了。他對於嬌蕊所採取的，完全是站在男人立場，譴責「壞」女人的一種看法。若是讓今日在美國提倡婦女解放的女人聽來，這種看法，是完完全全的「男性至上主義」（male-chauvinism），在那裡作祟。有了這一層意識型態，振保替自己織造了一件防彈外衣；躲在這件外衣底下，他可以放心大膽地跟嬌蕊調情，而用不著像對煙鸝那樣，負什麼責任。因爲他心目中看不起嬌蕊，認爲她是個壞女人，壞女人跟他在巴黎遇到的妓女那樣，是可以給男人隨便佔點便宜，任意作賤糟蹋的。

振保的確錯了。他這一種男性的「固定反應」（stock-response），終於成爲他的終身大患。嬌蕊忽然改了主意，對振保示好，讓悌米孫撲個空，也許並不如振保所料，是「想把他弔上了手，好堵住了他的嘴。」根據振保日後的觀察，嬌蕊其實「是個聰明直爽的人，雖然是爲人妻了，精神上還是發育未全的。」在我看來，嬌蕊忽然改變主意，留振保喝茶，反而把事先約好的悌米孫「轟」走，也許祇是單純地想引起悌米孫吃醋；或者，企圖藉此向振保撒嬌似的證明：她雖然是結了婚的人，仍然是有很多男人追求的。要不，乾脆說嬌蕊在那裡鬧著玩兒，「像小孩一朵一朵去採上許多紫羅蘭，紮成一把，然後隨手一丟。」總之，任何一種假設都可以成立，唯獨不會像振保設想的那樣「毒辣」，說實在的，嬌蕊不是那種有「機心」的女人。

振保這種想法，還有一種頗堪玩味的隱遁心理因素在內，也許連他自己都不知道的。他所以有這一種「下流」的念頭，不過是在下意識裡，想跟嬌蕊發生關係罷了。人性都是習慣於嫁禍於人的。正因爲振保的心底暗處，有這一種可鄙的念頭，才把它顛倒過來，反射到嬌蕊身上去，一方面自衛地警告自己：這女人是不好惹的。其實，不好惹的，反而是振保自己壓抑不住的可怕的慾念。張愛玲原本是嘲弄專家，她藉著振保這種三稜鏡式的心理反應，又向我們展示了一次嘲弄的特技。

這種看不起壞女人，不負責任、隨便玩玩的心理，籠罩了故事全局而且越到後來越糟：它當然也直接影響了三個主角的命運——嬌蕊的，煙鸝的，和振保他自己的。儘管從他日後的行爲來看，有時以退爲進，間或欲說還休，表面上似乎有點自我矛盾——其實，說穿了，一句話：是假撇清。也就是「裝羊」，唯獨在看不起壞女人的心理方面，始終未改。此所以後來在陽臺上，我們看到振保和嬌蕊對坐，

「振保靠在欄干上，先把一隻腳去踢那欄干，漸漸有意無意的踢起她那藤椅來，椅子一震動，她手臂上的肉就微微一哆，她的肉並不多，祇因骨架子生得小，略微顯胖一點。」

既然剛才振保警告過自己：「這女人是不好惹的，他又添了幾分戒心。」爲什麼又伸出腳去踢她呢？這不明明是自打嘴巴嗎？不是的，如果我們掌握了振保那種「壞女人觀」以後，便不會對於他日後的行爲，感到詫異了。

單獨自處的時候，壞女人的威脅減輕了，振保又是另一種想法：

「唯有佔領了她的身體之後，他才能夠忘記她的靈魂……爲什麼不呢？她有許多情夫，多一個少一個，她也不在乎。王士洪雖不能說不在乎，也並不受到更大的屈辱。」

「振保突然提醒他自己，他正在挖空心思想出各種理由，證明爲什麼應當同這女人睡覺，他覺得羞慚，決定以後設法躲著她，同時設法著手找房子，有了適宜的地方就立刻搬家。他托人從中張羅，把他弟弟安插到專門學校的寄宿舍裡去，剩下他一個人，總好辦……」

振保這樣做，近乎「此地無銀三百兩」，撤除了篤保這道障礙，剩下他一個人，若是嬌蕊肯，眞是再好辦不過了。可笑的一點是：在事情的表面上，振保是做得冠冕堂皇的，不由得別人不相信，連他自己大概也給唬住了，信以爲眞，不會認爲那是一種藉口：讓嬌蕊的家先變成一座空城，便利自己乘虛而入的一種完美的藉口。

作者曾經說過：佟振保在工作時，有點窮形極相的樣子，同理，談起戀愛來，這人也是這副德性。他調兵遣將地支開了弟弟，竟然忘記了搬家，卻每天混到很晚才回家，一回去便上床睡了。如果說，嬌蕊的誘惑力，像一隻老鼠，振保的抵抗力，便是一隻貓，貓一定要將老鼠搬弄得奄奄一息時，才肯把牠一口吞下肚去。振保抵抗嬌蕊的誘惑，似乎也有這種遊戲性的張力和耐力。

這以後，兩人在安裝了電話的過道中，又見過一次面，嬌蕊的家常南洋打扮，使振保看了砰然心動。見了面，

「振保把手擱在門鈕上，表示不多談，向她點頭笑道：『怎麼這些時沒有看見你？我以爲妳像糖似的化去了。』他分明知道是他躲著她而不是她躲著他，不等她開口，先搶著說了，也是一種自衛。無聊得很。」

這一種自衛心理——明明愛，偏偏說不——更似貓的戲弄老鼠了。

振保和嬌蕊正式發生關係，是在他發現她也有「戀物癖」的同一天。那天晚上，剛巧有個應酬，他中途逃席回來，嬌蕊在起坐間彈琴，振保跑過去，幫她掀琴譜，可是她並不理會，自管自讓調子從手底悠悠流出來。振保

突然又是氣，又是怕，彷彿他和她完全沒有什麼相干。然後，「他緊挨她坐在琴凳上，伸手擁抱她，把她扳過來……」

振保向嬌蕊挑逗，引不起她的熱烈反應，使振保感到又是氣，又是怕。因爲他在下意識看不起嬌蕊，認爲她是個壞女人；壞女人還跟他搭架子，像老鼠把貓逗得精疲力竭的時候，還不肯乖乖的就範，眞是豈有此理！至於他感到害怕的，是他自己：這一下跟有夫之婦兜搭上了，有得麻煩呢！振保在愛情方面，是個保守派，也是個徹頭徹尾的懦夫。張愛玲在振保剛開始和嬌蕊發生曖昧之時，便一下子點穿了他這一害怕的心理，實係神來之筆。

郁達夫的小說裡，像前面所說，是充滿了偷窺、戀物狂、嫖妓等描寫的。因爲他的故事，缺乏一種內在的邏輯，這些描寫便自成一個單元，可以任意從故事裡抽出來看，而用不著顧慮人物的心理和因果關係。但是，很不幸地，當年使得青年讀者如癡如醉的那些描寫所謂變態性慾的妙文，今日看來，有如紅樓夢裡說的，但見「水墨滃染，滿紙烏雲濁霧」而已，找不到什麼明豔照人的地方來了。

在這些片段裡，郁達夫採用的，統統是「我手寫我口」的白描法，而且是最粗礪、最原始的一種白描法。我們眞替書中的一個個男主角叫屈，他們如果活在世上，絕不會像郁達夫狀擬的那樣呆頭笨腦，那樣缺乏想像力，那樣滑稽可笑！不要忘了，這些人當年都是留學日本的青年學生，有些還是詩人；詩人在偷窺一個少女出浴時，會像郁達夫寫的那樣粗率，那樣懵懂於意淫的樂趣嗎？

「拿出一本G. Gissing 的小說來讀了三、四頁之後，靜寂的空氣裡，忽然傳了幾聲煞煞的潑水聲音過來。他靜靜兒的聽了一聲，呼吸又一霎時的急了起來，面色也漲紅了。遲疑了一會，他就輕輕的開了房門，拖鞋也不拖，幽腳幽手的走下扶梯去。輕輕的開了便所的門，他儘兀自的站在便所的玻璃窗上偷看。原來他旅館裡的浴室，就在便所的隔壁，從便所的玻璃窗看去，浴室裡的動靜了了可見。他起初以爲看一看就可以走的，然而到了一看之後，他竟同被釘子釘住的一樣，動也不能動了。

那一雙雪樣的乳峰！

那一雙肥白的大腿！

這全身的曲線。

呼氣也不呼，仔仔細細的看了一會，他面上的筋肉，都發起痙攣來了。愈看愈顫得厲害，他那發顫的前額竟同玻璃窗衝擊了一下。被蒸氣包住的那赤裸裸的「伊扶」便發了嬌聲問說：

「是誰呀？」（以上引自「沉淪」）

相形之下，被「富貴閒人文藝青年前進青年」嗤之以鼻，視爲大俗人的振保，反而開竅得多！因爲他懂得從「微溫的水，熱的芯子，龍頭裡掛下一扭一扭的水」裡，馳騁他的意淫想像力。而抱著一本吉辛小說集在那裡做夢的郁達夫式男主角，窺浴時的笨俗，竟有如「熱音與憤怒」中的賓治（一個白癡！）遑論振保了。此無它，毛病出在他們的塑造者身上。如果「沉淪」的故事，換一個高明的作者來寫，遇到這樣一個緊要關頭，我們一定可以看到比較「熱的芯子，微溫的水，龍頭裡掛下一扭一扭的水」更加熱艷炙人的文章的。在這時候，我們不怪郁達夫，怪誰？

至於「戀物癖」，也是郁達夫的小說裡，時常出現的一個鏡頭，茲舉「茫茫夜」中，一段冗長累贅的描寫爲例。「茫茫夜」的男主角質夫，是個中學教員，有一天，忽然「獸性」大發（根據作者的說法），跑到城外的小煙紙店裡，向一個二十五、六歲的少婦，騙了一根舊的針，一方用過的手絹，興奮地揣著東西，返回宿舍裡去。

「門上房門，他馬上把騙來的那用舊的針和手帕從懷中取了出來，在桌前椅子上坐下，他就把那兩件寶物掩在自己的口鼻上，深深的聞了一回香氣。他又忽然注意到了桌上立在那裡的一面鏡子，心裡就馬上想把他現在的動作一一的照到鏡子裡去，取了鏡子，把他自己的癡態看了一會，他覺得這用舊的針子，還沒有用得適當，呆呆的對鏡子看了一、二分鐘，他就狠命的把針子向頰上刺了一針，本來爲了興奮的緣故，變得紅一塊白一塊的臉上，忽然滾出了一滴同瑪瑙似的血來。他用手帕揩了之後，看出鏡子裡的面上又滾了一顆圓潤的血珠出來。對著了鏡子裡的面上的血珠，看看手帕上腥紅的血跡，聞聞那舊手帕和針子的香味，想想那主人公的態度，他覺得一種快感，把他的全身都浸透了。」

在這裡，質夫的表現，跟「沉淪」中的「他」一樣，是個木頭木腦想像力全無的「憨呆」！手裡拈著針和手帕，祇曉得往臉上扎，一點不知道旁敲側擊，聯想到其他屬於禁忌的地方去；即或想到，也祇是那空洞的主人公態度——是怎麼樣的一種態度？全得依賴我們自己的想像，作者是半點也沒有交代的，眞是粗疏極了！若說「戀物癖」患者感受到的，就像郁達夫所寫的那樣，簡直是平凡的痛苦，又有什麼變態的樂趣可言？也許我們應當引一段「紅、白玫瑰」中，振保發現了嬌蕊也有「戀物癖」的傾向時，心理的描寫：

「振保像做賊似的溜了出去，心裡祇是慌張。起初是大惑不解，及至想通了之後也還是迷惑。嬌蕊這樣的人，如此癡心的坐在他大衣之旁，讓大衣上的香煙味來籠罩著她，還不夠，索性點起他吸剩的香煙……眞是個孩子，被慣壞了，一向要什麼有什麼，因此，遇見了一個略具抵抗力的，便覺得他是值得思念的。嬰孩的頭腦與成熟的婦人是最具誘惑性的聯合。這下子振保完全被征服了。」

還有振保把地上嬌蕊的亂頭髮集成一股兒時，作者這樣寫：「燙過的頭髮，梢子上發黃，相當的硬，像傳電的細鋼絲。」

和質夫兩相比較，振保不但不像個學工的，簡直是個觸覺敏銳、靈感充沛的詩人了！

嬌蕊和振保相處不多久，忽然發現自己愛上振保，戲謔地對他說：「這一次，是那壞女人上當了。」然後，她孤注一擲地，將她和振保之間的曖昧關係，毫不隱諱地向士洪坦白了，這個不要命的舉動，嚇得：

「振保喉嚨裡『嗄』了一聲，立即往外跑，跑到街上，回頭看那巍峨的公寓，灰赭色流線型的大屋，像大得不可想像的火車，正衝著他轟隆轟隆開過來，遮得日月無光。」

振保再一次誤解了嬌蕊。也許又是下意識裡的「壞女人觀」作祟吧？振保竟然完全體會不到，嬌蕊這一粉身碎骨舉動背後的崇高成份，反而「疑心自己做了傻瓜，入了圈套」；因爲，他認爲「嬌蕊愛的是悌米孫，卻故意的把濕布衫套在他頭上，衹說爲了他和她丈夫鬧離婚，如果社會不答應，毀的是他的前程。」

換句話說，在「社會不答應」的前提下，嬌蕊衹有被犧牲了。振保終於下決心，跟嬌蕊決絕。

振保的婚姻是極不美滿的。他娶孟煙鸝小姐，衹是他對家庭、社會一種責任上的交代，再加上「她的不發達的乳，握在手裡像睡熟的鳥」，自然處處都不能跟健美又帶點獷悍風味的嬌蕊相比。

在無路可走的絕境之下，振保開始走上了宿娼的最後一條路，「他對於妓女的面貌不甚挑剔，比較喜歡黑一點胖一點的，他所要的是豐肥的屈辱。這對於從前的玫瑰與王嬌蕊是一種報復。」但是，振保是個喜歡自欺又帶點僞善氣息的「好」人，所以，「他自己並不肯這樣想。如果這樣想，他立即譴責自己，認爲是褻瀆了過去的回憶。他心中留下了神聖而傷感的一角，放著王嬌蕊和玫瑰兩個愛人……而他，爲了崇高的理智的制裁，以超人的鐵一般的決定，捨棄了她。」

這是在振保將萬物理想化了的時候，才會這樣想，遇到現實考驗時，又當兩樣了。作者把這一種殘酷現實的考驗，放在振保和嬌蕊的重逢上。那是一個上班的早晨，振保和篤保搭公共汽車，在車上碰巧遇著了嬌蕊，「她比以前胖了，但也沒有胖到癡肥的程度；很憔悴，還打扮著……因爲是中年的女人，那艷麗便顯得是俗艷。」她已經再嫁了，身邊拖著個小男孩，帶他去看牙醫。在血肉的人生裡，振保不是那麼理想化的。事情已經到了這般地步，他仍然忍不住要妒忌嬌蕊——是因爲她又嫁了人？然後，他又冷笑著諷刺她：「你碰到的無非是男人。」振保這個人，不但越變越冷酷無情，而且至死不悔的。

嬌蕊也不氣惱，也不激動，她完全判若兩人，平靜夷然的回答，是近代中國小說裡，令人難忘的一個場面，因爲它飽含著辛辣，諷刺，和嬌蕊對於人生無可奈何的讓步與接受，使人聽了，覺得餘音裊裊，回味深深：

「是的，年紀輕，長得好看的時候，大約無論到社會上去做什麼事，碰到的總是男人。可是到後來，除了男人之外總還有別的……還有別的……」

（一九七二年三月八日寫於美國康州）

象憂亦憂、象喜亦喜

——泛論張愛玲短篇小說中的鏡子意象

一

西洋文藝作家筆下，往往喜歡運用一個主要意象，和數個次要意象，來模擬他的題旨，因此有所謂「主模題」（motif），和「副模題」之分。這一種寫法，其實也可以借用紅樓夢「玩母珠賈政參聚散」一章內，形容「神威將軍」公子馮紫英，展覽母珠的幾句話來作爲註解：

「……把那顆母珠擱在中間，將盤放在桌上，看見那些小珠子兒，滴溜滴溜的都滾到大珠子身邊，回來把這顆大珠子抬高了，別處的小珠子一顆也不剩，都黏在大珠上。」

換句話說，這母珠便是主模題，那些小珠子便成了副模題，這樣，一首詩或者一篇小說，看起來才有「大珠小珠落玉盤」的走勢。又這一種寫法，多憑具體的意象出之，像是「波華荔夫人」一書，作者所用的主、副模題，便是大海和藍色：艾瑪第一次出席舞會，她穿的禮服係紫羅蘭色；她企圖跳樓自殺時，那樓下的景色，引起她的暈眩感，有若海浪；令她致命的砒霜，是裝在藍色的小瓶內；最後艾瑪服毒死時的臉，青紫駭人……和「波華荔夫人」有幾分相似的一本英國小說「一個好的士兵」（A Good Soldier），襲用了福樓拜的同一旋律，主、副模題也一律係大海和藍色，「好士兵」的作者福特Madox Ford，一度提攜過D．H．勞倫斯，又和康拉德交厚。前些時我看康拉德的「機會」（Chance），發現和「好士兵」在風格取材方面，甚為混淆接壤，這中間到底是誰影響了誰；或者說，誰犯了「三隻手」的毛病，是死無對證的事了。不過，就我個人的趣味來說，是較為喜歡「好士兵」的，「機會」到底不若康拉德的傑作「詹大爺」（Lord Jim），來得那樣光艷奪目的。

閒話表過，卻說除了具體意象之外，又有借用文字本身，來作為「副模題」的，像是喬哀思的中篇「逝者」（The Dead），主要意象自然是那無所不在的白雪，次要意象雖多，其中一個「十字架」（Cross），祇是單純的文字，且以動詞出之，因此，是抽象，而非具象；但小說也者，拆穿來說，原是文字的「遊戲」（藝術），善於推敲玩味的讀者，照理用不著按圖索驥，也可以剔出這顆珠子來，將它黏附到母珠身上去的。

當然，對於主、副模題的執著和偏愛，有時各憑作家本人的下意識（sub-conscious）——或者說，無意識（unconscious）來決定。唯其是下意識、無意識，才更值得注意，像詩人狄倫・湯瑪斯（Dylon Thomas）詩作中多『骨』（bones），海明威小說的角落裡，遍佈「牡牛頭」（bull's head）和「鱒魚身」（trout's body），有如原始初民社會的「圖騰」。李賀則除了鑲金嵌玉以外，又最愛佩帶各種寶石，像琥珀、珊瑚等。歸結到下面即將討論到的張愛玲身上，我發現她在「傳奇」諸篇中，頗喜運用鏡子的意象，還有玻璃、眼鏡等配件。幾番運用、交替出現的結果，使得有替她作「校書人」願望的讀者，滋生了追索研討的興趣。

的確，鏡子和「傳奇」一書的關係，眞可以說是「日虹屛中碧」，碧彩煙灼，自成爲一個世界。令人奇怪的是：邁出了「傳奇」的疆界，到了「秧歌」、「赤地之戀」或者「半生緣」諸長篇中，鏡子雖然照舊出現不誤，卻不若「傳奇」中那樣重要——「重門疊戶沒有盡頭」了。也許作者這樣做，是不自覺的；就連鏡子、玻璃、眼鏡等物，在她砌造「傳奇」這一「貝宮夫人」的宮闕時，恐怕也並沒有存心將它們當作「潘令在河陽，無人死芳色」那樣來處理的。

「傳奇」一書，概乎言之，寫的是怨偶之間的殘缺關係。換言之，作者翻來覆去所吟唱的，無非是不幸的婚姻，祇有一篇「中國的日夜」例外。認眞說來，「中國的日夜」是散文，不是小說，理該歸併到「流言」一書中去，不知道爲什麼落單掉了隊，使得小說集的統一基調，忽然發出了變徵之音，不能不說是作者一時疏忽了。

如果怨偶一說可以成立的話，那麼，作者不自覺地，在「傳奇」一書內，一再運用鏡子的意象，實在比譬得很有道理。最淺顯的一種解釋，是人們在日常生活中，喜歡用破鏡分釵等比喻，來形容夫妻間的琴瑟不調，魚水失歡，鏡子這一意象的主要功用，也就不言可喻了。當然還有各種歧義，作者也都因時因地不同，各各伸展出巧妙的機能來，這些都將在下文內，逐個論列。

二

先從「鴻鸞禧」說起。因爲在這一短篇中，鏡子發揮了「主模題」的效能。「鴻鸞禧」寫的是抗戰時期的上海，一個暴發的官商人家，替兒子籌備婚事的經過。主線雖然說的是婁大陸和邱玉清這一雙年輕人，其實在他們背後，有大陸的父母親這一雙年老的怨偶作底。萬字左右的「鴻鸞禧」，通篇沒有起承轉合的故事，有的祇是當時上海生活的「一個橫切面」（a slice of life）。這一種「橫切面」的小說，最容易考驗出一個作者的功力來！寫得不好便像是「一件愛國藍布衫，骯髒到極點，有一種奇異的柔軟，簡直沒有布的勁道」了。「鴻鸞禧」寫的是瑣碎的家常，虧得作者善於「剪貼」意象，化腐朽爲神奇，一個平凡的家常故事，悠然讓人見到南山，產生了華麗深邃的「透視角度」（perspective），實在不得不歸功於張愛玲對於種種瑣屑物件，像是鏡子、眼鏡、玻璃等等的善加利用，妥於安排；從這一點，也充分反映出她在小說藝術方面，的確超人一等。

假使我們不嫌絮煩，利用統計數字來看一下，會發現單是在「鴻鸞禧」中，鏡子被提到七次之多；提到眼鏡五次；玻璃九次；白瓷三次。鏡子、眼鏡、玻璃、白瓷……統統是脆薄易碎的東西。張愛玲讓她的故事中人，處身在一個裝滿了玻璃、鏡子的世界內，饒有深意，即使她是純粹出於無心。像是故事一開場，她介紹女主角和讀者見面，「邱玉清背著鏡子站立，回過頭去看後影。」至於描寫試禮服的那家店舖，有下面一段文字：

> 「祥雲公司的房屋是所謂宮殿式的，赤泥牆上凸出小金龍。小房間上嵌著長條穿衣鏡，四下裡掛滿了新娘的照片，不同的頭臉笑嘻嘻由同一件出租的禮服裡伸出來。朱紅的小屋裡有一種一視同仁的，無人性的喜氣。」

接下來，作者敘述玉清如何辦嫁妝，說她買了軟緞繡花睡衣，相配的繡花浴衣，織錦的絲棉浴衣，金織錦拖鞋，還有金琺瑯粉鏡，有拉鍊的雞皮小粉鏡……

無獨有偶，玉清的準婆婆婁太太，也喜歡照鏡子。因爲兒子新房裡的一張床，婁太太跟丈夫囂伯嘔了點氣，受了後者幾句搶白，一氣之下，「咚咚咚大步走到浴室裡，大聲漱口，呱呱漱著，把水在喉嚨裡汨汨盤來盤去，呸地吐了出來……」藉粗豪的動作來洩憤。再下去的一個鏡頭，我們發現「婁太太站在臉盆前面，對著鏡子，她覺得癢癢地有點小東西落到眼鏡的邊緣，以爲是珠淚，把手帕裹在指尖，伸進去揩抹，卻原來是個撲燈的小青蟲。婁太太除下眼鏡，看了又看，眼皮翻過來檢視，疑惑小青蟲可曾鑽了進去；湊到鏡子跟前，幾乎把臉貼在鏡子上，一片無垠的團白的腮頰；自己看著自己，沒有表情——她的傷悲是對自己也說不清楚的。」

毋庸諱言，每個女人的性格內，都帶有幾分顧影自憐的因素在，都可以說是鏡子的奴婢吧！尚未闖進婚姻關口裡去的邱玉清，作者祇說她背鏡而立，又說喜歡把鏡子做成的裝飾品，像是金琺瑯粉鏡，有拉鍊的雞皮小粉鏡等，用的祇是淺描。婁太太的對鏡，卻著墨甚重，變成了深畫；然而對著鏡子，婁太太似乎自憐的成份很少。她再也看不到自己的容貌了，祇是「把臉貼在鏡子上，一片無垠的團白的腮頰。」她有的祇是麻木，或者淡漠：「看著自己，沒有表情——她的傷悲是對自己也說不清楚的。」透過兩代的間隔，兩面鏡子的交疊反射，婁太太和她兒媳的婚姻，忽然觸了電似地串聯起來，讓人引起的感受，微微地發顫發麻，既辛辣又飽含了嘲弄性，眞是「重門疊戶沒有盡頭」了。從鏡子再逐步往眼鏡身上推敲，其作用也可以「雖不中、亦不遠」了。

「傳奇」中人，患近視——或者說，患視線不靈、戴眼鏡的特別多，這當然可以解釋成爲，這是一般角色知識程度較高的緣故。像「鴻鸞禧」裡的婁囂伯，便是個戴眼鏡的，奇怪的是，婁太太這種婦道人家也戴眼鏡。婁囂伯跟他的太太，經作者點明，是「配錯了的夫妻」；兩人經常鬧意見。作者讓他們各自戴上了眼鏡，加深了彼此的隔膜鴻溝，相愛和瞭解，自然都談不上了。我們知道，有時侯患了深度近視的人，摘下眼鏡，會對面不見人的。同時在「鴻鸞禧」裡，眼鏡的「戲」也不少，像是老夫老妻相罵的一場：

「正說著，囂伯披著浴衣走了出來，手裡拿著霧氣騰騰的眼鏡，眼鏡腳指著婁太太道：『你們就是這樣！總要弄得臨時急了亂抓！去年我看見拍賣行裡有全堂的柚木家具，我說買了給大陸娶親的時候用——那時候不聽我的話！』大陸笑了起來道：『那時候我還沒認識玉清呢！』囂伯瞪了他一眼，自己覺得眼神不足，戴上眼鏡再去瞪他。」

如前所述，眼鏡、鏡子都是脆薄易碎的東西。還有玻璃，更是不堪一擊，一擊便碎。「鴻鸞禧」裡的人物，不是喜歡照鏡子，便是戴了眼鏡；還有，便是處處碰到玻璃，使人想起作者在「流言」裡說的一句話：「這個世界什麼東西都靠不住，一捏便粉碎了。」豈止是鏡子、眼鏡，玻璃或者白瓷；易於破碎的，恐怕還有男女之間的婚姻關係。此所以囂伯回到家裡，翻翻舊的「老爺」雜誌，看到美國人做的廣告，「『四玫瑰』牌的威士忌，晶瑩的黃酒，晶瑩的玻璃杯，擱在棕黃晶亮的桌上，旁邊散置著幾朵紅玫瑰。」婁大陸結婚的禮堂，「廣大的廳堂裡立著朱紅大柱，盤著青綠的龍；

黑玻璃的牆，黑玻璃壁龕裡坐著小金佛。」又說「整個的花團錦簇的大房間是一個玻璃球，球心有五彩的碎花圖案。」故事還提到婁太太自告奮勇，替未來的媳婦，做繡花平金面拖鞋，結果沒有做成功，隨手壓在一塊玻璃板底下。到了結婚第二天，親家太太來探親，想抽香煙，「婁太太伸手去拿洋火，正午的太陽照在玻璃桌面上，玻璃底下壓著的玫瑰紅平金鞋面亮得耀眼。」

千古以來怨偶之間的關係，大概都和婁太太眼中所看到的差不多——是一方壓在玻璃板底下繡了一半的玫瑰紅平金鞋面吧！

三

鏡子在「鴻鸞禧」裡，是「傳奇」諸篇中，唯一取得正宗地位、當做黃鐘大呂來大寫的一個「主模題」。如果說，「張愛玲世界裡的戀人總喜歡抬頭望月亮的話，」（引用夏志清先生在「張愛玲的短篇小說」的一個看法）那麼，我此刻要加上一句：他們同時也喜歡低頭照鏡子；望月固然令人懷遠

（外感），攬鏡則更易發人深思（內省）。月亮與鏡子不斷的交替出現，有如「天上分金鏡，人間掛玉鉤」，讀者所引起的感喟，也就愈加綿延遼遠了。

鏡子的功用，當然不止是「鴻鸞禧」裡所發揮的，它還有各種歧義。「傳奇」裡的佳人，多數是自私自利，而又冷心冷腸的，彼此之間，即使說不上鉤心鬥角，也沒有什麼推心置腹的話好談。然而，說也奇怪，逢到對鏡的場合，她們居然能夠破例說幾句「交心」的話，譬如「第一爐香」裡，薇龍的姑媽開圓會，小一輩的交際花周吉婕，在浴室裡對鏡補妝，薇龍奉姑媽之命，走上樓來，請吉婕下去彈鋼琴，引得吉婕發了一連串的牢騷！這一頓苦水，是吉婕面對著鏡子，對薇龍吐出的。儘管作者在客觀方面，替吉婕找到一個下臺階，說她是喝醉了。然而多心的讀者，不免要追究：如果不是對著一面鏡子，吉婕會不會同樣地爽直，跟薇龍「把酒話桑麻」呢？鏡子在這裡，不僅僅限於是一個冰冷的道具，因爲它輾轉反射，迹近心理分析學上所稱的「他我」、「知交」（alter-ego），簡直可以說是「對影成三人」了。

又像在「心經」這個中短篇裡，許小寒這個美而俏的少女，暗戀著自己的父親。她的祕密，當然旁人無從揣悉。然而就在她慶祝二十芳辰這一天，因爲電梯壞了，她拉著同學段綾卿一道從公寓的樓梯上下去：

「樓梯上的電燈，可巧又壞了。兩人祇得摸著黑，挨呀挨的，一步一步相偎相傍走下去。幸喜每一家門上都鑲著一塊長方形的玻璃，玻璃上也有糊著油綠描金花紙的，也有的罩著粉荷色縐摺紗幕，微微透出燈光，照出腳下仿雲母石的磚地。」

在這裡，玻璃的作用，跟鏡子簡直不相上下；因爲小寒幾乎在走過這段她戲呼之爲「獨白的樓梯」時，洩漏了自己的心事；而綾卿也變得較平時爲坦白，向小寒直率地承認：她的家境不好，準備擇人而事；爲此，可以說是「人盡可夫」的！

在生日宴上，還有一節看似無關緊要的描寫，也是和鏡子有關的；因爲小寒的父親說了一句：「你們兩個人長得有點像。」

「綾卿笑道：『眞的麼？』兩人走到一張落地大鏡前面照了一照，綾卿看上去凝重些，小寒彷彿是她立在水邊，倒映著的影子，處處比她短一點，流動閃爍。」

就是由於綾卿和小寒長得有幾分像，才使得峰儀放棄了小寒，轉而去追求綾卿的！畢竟峰儀不是禽獸，無法跟親生女兒發生戀愛的！

四

以上所引，是兩個女人一同對鏡時，所引起的「絃上黃鶯語，琵琶金翠羽」；至於逢到這女人和鏡子單獨相處，則變成了「夜來的花枝如曉風吹動」（套一句胡蘭成在「今生今世」裡的說法），戲是越發的精采了。

我曾經在「『傾城之戀』的神話結構」一文裡，引證過白流蘇的對鏡，現在我再抄錄一段前所未引的：

「流蘇突然叫了一聲，掩住了自己的眼睛，跌跌衝衝往樓上爬，往樓上爬……上了樓，到了她自己的屋子裡，她開了燈，撲在穿衣鏡上，端詳她自己，還好，她還不怎麼老。」

作者接下去描寫流蘇的膚色，原本是白瓷，現在變成了青玉，圓臉也變尖了，嬌滴滴的清水眼……再打量下去，流蘇終於走火入魔，那鏡子生魂出竅，幻化出流蘇的另一個「自我」（alter-ego）來！那便是我在拙文「神話結構」中指稱的，流蘇另一半中國古典美人的「神話」性格。

同樣手法的一個鏡頭，在「桂花蒸阿小悲秋」一文裡，也出現過一次：

「阿小急急用鑰匙開門進去……她揭開水缸上的蓋，用鐵匙子舀水，灌滿一壺，放在煤氣爐上先燒上了。戰時自來水管制，家家有這樣一個缸，醬黃大水缸上面描出淡黃龍。女人在那水裡照見自己的影子，怎像是古美人，可是阿小是都市女性，她寧可在門邊綠粉牆上貼著的一隻缺了角的小粉鏡（本來是個皮包的附屬品）裡面照了一照。」

阿小的性格中，有女神和地母的胚芽，我已經在「在星群裡也放光」一文中闡明。再根據前面所引，作者描寫了淡黃龍的醬黃大水缸，以及古美人在缸底水面上，照見自己的影子，使人引起的感覺，不止是參差對比（作者最鍾意的一種寫法），還有紅樓夢裡，寶玉所云「編新不如述舊，刻古終勝雕今」的長處。這一種寫法，作者稱之爲「求助於古老的記憶」，是她有意採用的，並非不自覺——儘管運用鏡子意象時，又可能是出於不自覺了。證諸她在「自己的文章」裡的說法：

「這時代，舊的東西在崩壞，新的在滋長中。但是在時代的高潮來到之前，斬釘截鐵的事物不過是例外。人們祇是感覺日常的一切都有點兒不對，不對到恐怖的程度。人是生活於一個時代裡的，可是這時代卻在影子似地沉沒下去，人覺得自己是被拋棄了。如要證實自己的存在，抓住點眞實的，最基本的東西，不能不求助於古老的記憶，這比瞭望將來要更明晰、親切。」

張愛玲的這一種看法，其實和西洋作家的善用聖經或者希臘神話作背景——也就是求助於古老的記憶，是異曲同工的。同時，她接著寫，正因爲「比瞭望將來，更明晰、親切，人類對於周圍的現實發生了一種奇異的感覺，疑心這是個荒唐的，古代的世界，陰暗而明亮的。回憶與現實之間時時發生尷尬的不和諧，因而產生了鄭重而輕微的騷動，認眞而未有名目的鬥爭。」

傳奇中的故事，篇篇看來都像是「鄭重而輕微的騷動，認眞而未有名目的鬥爭。」好的小說作家，寫作的方向，差不多全是指著這一面的。托爾斯泰在「戰爭與和平」一書中，竭力駁斥了「英雄造時勢」之說，同時他也反對「時勢造英雄」的看法。既然他抱持了這一種「觀照」，他筆下有關戰爭和家庭的紛爭，也就變成了「認眞而未有名目的鬥爭」了。但是這並不是說，這些人活得馬虎，他們仍然很謹愼很仔細地做人，祇不過是既鄭重又輕微地活著罷了。

又像喬治・艾略特的小說"Middlemarch"「密多瑪區」，寫的同樣也是「鄭重又輕微的騷動，認眞而未有名目的鬥爭。」所以她在書的結尾，有這樣幾句話，爲免失眞，我未曾翻譯，祇把原文抄錄於後：

"...for the growing good of the world is partly dependent on unhistoric acts; and that things are not so ill with you and me as they might have been, is half owing to the number who lived faithfully a hidden life, and rest in unvisited tombs."

換句話說，所謂「鄭重而輕微的騷動，認眞而未有名目的鬥爭」，也就是「家常味」；好小說往往有這樣一種「家常味」，儘管作家可以巧立名目，稱之爲「傳奇」，或者「神話」、「寓言」種種。設若沒有「家常味」做底，這小說是不可能怎麼精采的。

五

以上所討論，是鏡子在「傳奇」中，當女角獨處，或者相對時，所發揮的功能，而且這一時刻，是和女角們的「心靈契機」（psyche）有關，鏡子遂有爲一個清澈的深潭，讀者不但一方面看得見潭面的波光嵐影，一方面又覺察到潭底晃動迤邐著的綠藻紅魚。

此外，鏡子在故事的戲劇關口，往往也會出現。即或不若反映人物的「心靈契機」那樣重要，也饒有研究的興味。舉例來說，「金鎖記」裡，讀者和曹七巧睽隔了十年，這一段時間，作者是憑藉一面鏡子，加以分開，又靠著這面鏡子，將兩段時間焊接起來的：

「風從鏡子裡進來。對面掛著的回文雕漆長鏡被吹得搖搖晃晃，磕托磕托敲著牆。七巧雙手按住了鏡子。鏡子裡反映著的翠竹簾子和一副金綠山水屏條依舊在風中來回盪漾著，望久了，便有一種暈船的感覺。再定睛看時，翠竹簾子已經褪了色，金綠山水換爲一張她丈夫的遺像，鏡子裡的人也老了十年。」

這是電影裡蒙太奇——「淡出」（dissolve）和「溶入」（fade-in）的交替運用。鏡子的功用，除了補綴時間，而且又挑起另一個戲劇性的高潮，因爲下一個場面，是姜家分家，作者描寫了七巧爲何撒潑使賴，爲了摟錢不惜當衆出醜，大鬧公庭。

「花凋」篇幅甚短，不亞於「鴻鸞禧」，作者照樣不分軒輊，替鏡子安排了一個感人的場面。川嫦這個「沒有點燈的燈塔」的女孩子，害了嚴重的肺病，覺得生命無望了，便私自溜出家，在外面逛了一天。她的家人誤以爲她尋了短見，正在分頭打電話到輪渡公司、外灘公園、各大公司……忙得不可開交的時候，她卻施施然地回來了，「在闔家電氣的寂靜中上了樓」，她母親鄭夫人夾腳跟了進來，看見「她在枕上別過臉去，合上眼睛，面白如紙……鄭夫人慌問：『怎麼了？』趕過去坐在床頭，先挪開了被窩上擱著的一把鏡子，想必是川嫦先照著鏡子梳頭，後來又拿不動，放下了。現在川嫦卻又伸過手來握住鄭夫人捏著鏡子的手，連手連鏡子都拖過來壓在她自己身上，鏡面朝下。鄭夫人湊近些又問：『怎麼了？』川嫦突然摟住她母親，嗚嗚哭起來道：『娘，我怎麼會……會變得這麼難看了呢？我……我怎麼會……』她母親也哭了。」

「爐香」裡，薇龍發現了喬琪喬浮滑浪子的真面目：夜來不但跟她偷期繾綣，又順手牽羊，同丫頭睨兒攀上了相好，在羞憤夾擊之下，不顧一切衝進浴室裡去，「睨兒正在裡面洗東西，小手絹貼滿了一牆……。睨兒在鏡子裡望見了薇龍，臉上不覺一呆，正要堆上笑來，薇龍在臉盆裡撈出一條濕淋淋的大毛巾，迎面打了過來，刷的一聲，睨兒的臉上早著了一下，濺了一身的水。」

「傾城之戀」中，流蘇和柳原的戀愛波譎雲詭，道路坎坷，因爲柳原對於流蘇，始終抱持著游離和不負責任的態度，流蘇覺得自己「枉擔了虛名」，心有未甘。他們定情的那天晚上，柳原吻了她，流蘇都以爲不是第一次，因爲在幻想中已經發生過無數次了。幸虧她身後靠著一面鏡子，然而她依舊覺得「她的溜溜走了個圈子，倒在鏡子上，背心緊緊抵著冰冷的鏡子。他的嘴始終沒有離開過她的嘴。他還把她往鏡子上推。他們似乎是跌到鏡子裡面，另一個昏昏的世界裡去了。涼的涼，燙的燙，野火花直燒上身來。」

再回復到剛才引證過的「心經」上面去，鏡子在充滿戲劇性的場合，還出現過一次。那次是小寒經過同學波蘭的電話告密，以及一個追求者龔海立的口頭證實，發現了父親和段綾卿之間，業已發生了無可挽回的愛情。小寒又氣又急，回到家裡，先是和父親激烈的爭吵起來。然後

「她撲到他身上去，打他，用指甲抓他。峰儀捉住她的手，把她摔到地上去。她在掙扎中，尖尖的長指甲劃過了她自己的腮，血往下直淌。穿堂裡一陣細碎的腳步聲，峰儀沙聲道：『你母親來了。』

小寒在迎面的大鏡中瞥見了她自己，失聲叫道：『我的臉！』她臉上又紅又腫，淚痕狼藉，再加上鮮紅的血跡。

峰儀道：『快點！』他把她從地上曳到這邊來，使她伏在他膝蓋上，遮沒了她的面龐。」

六

「傳奇」一書中，鏡子除了有正用（例如「鴻鸞禧」），和副用（像是前述反映角色的另一「自我」，以及加強小說裡的「戲劇性」外），還有一種功能，也不得不特別提一下，以作爲本文的結束。

我們知道，「傳奇」內的女角，都和鏡子結了不解緣，像是「鴻鸞禧」裡的邱玉清、婁太太，「桂花蒸」裡的丁阿小，「花凋」裡的鄭川嫦，「心經」裡的許小寒，「傾城之戀」裡的白流蘇，以及「金鎖記」裡的曹七巧……指不勝屈。不單是女角，連男角和鏡子的關係，也是牽惹不清的。「紅玫瑰與白玫瑰」裡，佟振保和他的舊情人王嬌蕊，在早晨的公共汽車上重逢了，嬌蕊倒蠻泰然，並沒有哭；奇怪的是，反而是振保傷起心來：

「抬起頭，在公共汽車司機人座右突出的小鏡子看見他自己的臉，很平靜，但是因爲車身的搖動，鏡子裡的臉跟著顫抖不定，非常奇異的一種心平氣和的顫抖，像有人在他臉上輕輕推拿似的。忽然，他的臉眞的抖了起來，在鏡子裡，他看見他的眼淚滔滔流下來。爲什麼，他也不知道。」

根據作者的剖析，我們得知振保是一個有著堅強意志的人，爲了自己的事業前途，不惜以超人的鐵一般的意志，捨棄了他走向成功之路上的絆腳石紅玫瑰。正因爲振保其實跟嬌蕊性格相近，也是個喜歡刺激、貪玩好吃的人，捨棄是一回事，捨不捨得又是另外一回事了。振保又是個非常世俗化的人，辦事儘管牢靠老到，分秒必爭，對於別人的瞭解，卻是粗疏得很，尤其是對於女人；如果他的確能夠捉摸到嬌蕊性格中的善良部份，他絕不會捨棄她的。他面對著公共汽車上的鏡子流淚，遂沒有什麼悲劇式的醒悟；有的，祇是自憐和無限委屈，彷彿小孩子受到大孩子的欺負，流出來的眼淚。事實上，是他欺負了嬌蕊，而他竟絲毫不覺。振保的眼淚，使人聯想起「金鎖記」

裡，曹七巧躺在煙舖上，滾到腮邊的熱淚，兩者屬於童稚式的委屈的自憐的眼淚，引人駭笑的成份，多過可憐。因爲他們都是自作自受。尤其在「紅白玫瑰」裡，作者在一個至死不悔不悟的中年男人面前，高擎著一面明鏡，讓他覷著自己，滔滔無垠地滾下淚來，毋庸諱言，是有著極深的諷刺和嘲弄意味在內的。寫到這裡，我們不妨將「傾城之戀」裡，流蘇對著穿衣鏡悠然神思的場面，和振保對著公共汽車上一顛一顛的鏡子，麻木不仁的流淚鏡頭，對照一下，便會體察到同是一面鏡子，其引起的效果，會有多麼巨大的差距！

鏡子出現的第二個生死關頭，是在「沉香屑——第二爐香」裡，也和一個男人的命運有關。英國人羅傑是香港華南大學的舍監兼理科主任。因爲一不小心，娶了個未諳人事的英國小姑娘愫細。新婚之夜，鬧了一場不大不小的笑話。在三十年前風氣閉塞的殖民地香港，這樁新聞被羅傑的「政敵」巴克教授充份加以掌握，逐漸演化成一件醜聞。羅傑最後被逼得走頭無路，祇有死路一條。在他利用煤氣自殺的那天晚上，作者這樣寫：

「他掏出鑰匙來開了門進去，捻開了電燈。穿堂裡掛滿了塵灰弔子，他摘下了帽子，掛在鉤子上，衣帽架上的鏡子也是昏昏的。他伸出一隻手指來在鏡子上抹了一抹，便向廚房裡走來。」

羅傑在鏡面上，輕描淡寫抹了一抹，其挾帶的悲劇力量，眞可以「椿齡畫薔癡及局外」（請容我再套用紅樓中的一個回目），和婁太太在「鴻鸞禧」漱口對鏡時，散發的鬧劇意味（melodramatic），又不可同日而語了。

（一九七二年五月十七日寫於美國）

詳論「半生緣」中「自然主義」的色彩

「自然主義」（Naturalism）的小說，自經法國大小說家左拉發軔、倡導而普遍流行以來，迄今已逾一個世紀了。這期間歐美批評家，已有不少撰文闡釋，探幽尋勝，或者權衡這一派作品的內含底蘊，功過得失。顧名思義，自然主義是受到當時一派流行的科學學說的影響；這一派學說主張「物競天擇，優勝劣敗，適者生存」；這已經成爲當今歐美社會做人處事的準則了。「達爾文主義」（Darwinism，自然主義的另一名稱）從好的方面來說，是鼓勵人們向上，在公平競爭的原則下，各取所需，各獲所求。但是凡事有好亦有壞：在劇烈殘酷的競爭下，社會往往祇重視優勝的一面，而忽略了淘汰的一面。因爲這一種主義太過強調「物競天擇、適者生存」，失敗者記取了這一教訓，往往覺得自己是「眞不行」，否則怎會「敗下陣來」？殊不知一個人的成敗，有時也取決於機會和莫名其妙的運氣，才幹和努力又是另外一回事。達爾文主義久而久之，鑽進了牛角尖，滋生了所謂「悲觀主義的宿命論」（pessimistic determinism）；換一句話說，一個人不是成功，便是失敗，而「天道無親」，相形之下，失敗者的下場，便愈形悲慘了，簡直跟那「棋盤上的過河卒子」（**a pawn on a chessboard**）一樣。所以，自然主義的小說，發展到了極致，便是人不分男女，全然不能主宰自己的命運，這一點和希臘悲劇，在外貌上有充分相似；儘管在本質上，兩者相去甚遠，前者強調人的高貴品質：人在命運的播弄下，可以倒下去，然而人是可以像張愛玲所說，「留下一個蒼涼的手勢」，雖敗猶榮的。自然主義作家筆下的人物，一倒便不可收拾，簡直可以說是兵敗如山倒，一敗塗地。因爲天道無親，人豈可以跟天爭？希臘英雄的失敗，是敗於神祇的安排（命運），或者個性上的缺陷，而自然主義英雄之敗，是敗於自然環境，或者社會環境，和角色本身的個性，機會命運，關係不大。

張愛玲的長篇小說「半生緣」，便是這樣一部染有濃重自然主義色彩的作品，雖然作者本身並不一定對於自然主義，下過一番鑽研的死功夫。爲了便利分析這部小說，我將在下文內，引用美國著名批評家麥肯・考里（Malcolm Cowley）所寫的一篇著名評文「美國自然主義作品的自然發展史」（"A Natural History of American Naturalism"）（註）；並且翻譯出該文中部份重要論證，來針度半生緣中，張愛玲企圖表達的題旨、「觀照」、表現手法，以及她和美國自然主義一派作家同中有異、異中見同之處，這樣，一方面幫助讀者欣賞這一部小說（但願不是「揠苗」）；一方面也介紹了自然主義作品的林林總總，想來是一件有益的事吧！

考里在文章裡，一上來便開宗明義地說：自然主義的作家，都是「悲觀主義的宿命論者」，他們筆下的角色，無分男女，一律不能主宰自己的命運。他們既不能憑藉自己主動的決定來謀致幸福，也不能因爲自己循規蹈矩、謹行愼爲而受到塵世的或者上天的報酬。根據「天才夢」、「嘉麗妹妹」作者德萊塞（Theodore Dreiser）的說法：「人是一種他控制不了的力量下的犧牲品。」

半生緣自始至終所要表現的「觀照」，也正是這段定義企圖籠罩的，如果我們說：半生緣是「悲觀主義宿命論色彩濃厚」的創作，恁誰都要同意吧！書中人物無分男女，都被外界一種無形的力量裹脅著、控制著，而無法成為自己命運的主宰。多行不義如祝鴻才、曼璐夫婦，固然得逞了一己的私慾，卻無法「憑藉自己主動的決定，來謀致幸福」。而受害者如曼楨，或者豫瑾，無論他們如何勤懇、忠厚、與人為善，最後不但沒有得到上天的獎賞，反而得到天「譴」？曼楨固然不必說，除了搶回她的親生孩子榮寶以外，一無所獲，而張豫謹這樣宅心忠厚的鄉村醫生，太太竟會遭到日本軍閥的姦殺，也可以說是「天不開眼」了。在這裡，作者完全撇開了中國傳統小說一貫的因果律，也就是「善惡到頭終有報」的寫法，無形中跟自然主義作品的碼尺，瞄準看齊，實在很有獨創性。不過，作者固然一方面借著這一寫法，闡釋了她對於人生善惡是非道德課題的看法；一方面也向我們反面透露了她另一種看法。而自然主義作家，有關這一點，是不大喜歡發揮的。那便是：一個人若要堅持自己原則去做人，在社會上（無論哪一種社會，我想，）是很困難的；如果這人的道德意識再尖銳肯定一點，則戛戛乎越加難矣！茲再以曼楨、豫瑾爲例，他們都是道德感強烈、堅持自己原則做人的人，結果兩人的結局最爲悲慘。反觀曼璐、鴻才這對作惡多端的夫婦，精神生活雖然不大好過，物質方面卻是不虞匱乏的。又像世鈞，並不堅持一貫的立場（他最後娶了自己並不喜歡的翠芝）；和道德意識模糊的顧太太，反倒可以較少痛苦地活下去。儘管這些人都像是「棋盤上的過河卒子」，無法控制自己的命運，單憑「擇善固執」這一點上，曼楨和豫瑾卻必須付出一筆昂貴的代價來，也就是所謂求仁得仁了。而在自然主義作品內，因爲作者過份著重「天道無親」，角色的性格飄忽無定，道德意識便沒有這樣刀削般的鮮明深刻了。

考里在文中接著說，自然主義作家，像左拉，強調遺傳對於角色遭際的重大影響。左拉的「羅貢馬加家史」（Rougan-Macquart），遺傳上的弱點，構成了這部作品的一個主題；角色們無論是爲娼的，酗酒的，自殺的或者患癲癇的，左拉一律解釋成爲是「遺傳」。自然主義另一作家諾力斯（Frank Norris），在「麥克蒂吉」（McTeague）一書中，也替他的男主角的狂暴性格找到了相同的「下臺階」：「在這個人表面優良的質素下，流著遺傳下來的罪惡污流，像一條陰溝。他這個人列祖列宗的罪惡和孽祭，經過三、四百代，甚至五百代，都在那裡染污著他。整個種族的邪惡在這個人的血管中奔流著。爲什麼這樣呢？他並非希望如此。他該受到譴責麼？」自然主義的其他作家，又把著重點放在環境的影響上，像是史蒂芬·克雷因（Stephen Crane），當他把處女作「神女瑪琪」（Maggie）贈送給狄克生神父時，在扉頁上這樣寫：「無可避免地，這本小書一定會讓你大吃一驚！不過，千萬請你稍安勿躁，把這本書從頭到尾看一遍，因爲這本小書想表示一點：環境是一件了不得的東西！往往會不分青紅皂白地，影響一個人的一生！假使我可以證明這一點的話，我將在天堂的一角，替這一撮人預留下一角，尤其像瑪琪這樣一個無足輕重的街頭神女；因爲一般正人君子是絕對想像不出、會在天堂中遇見她的。」這樣說來，正因爲是環境下的犧牲品，瑪琪的放僻邪行，也就像麥克蒂吉，一個遺傳下的受害者那樣，不該受到我們的責備了。

如果仔細地辨讀一下，曼楨的悲劇，也是環境一手造成的。倘若她不是親老家貧，姊姊曼璐絕對不會下海去伴舞，後來不會流落成爲半開門的私娼，這樣，世鈞的父親沈嘯桐，便絕對不會認識曼璐了。那麼，世鈞和曼楨拌嘴的那條導火線，也就完全不存在了，他們的遭遇，便會「很」不一樣吧？同理，如果曼璐不曾去當舞女，沒有接觸到低級色情世界，她絕不會下嫁給鴻才這樣見色便起淫心的壞蛋；相反地，她會很安份地和豫瑾結婚，成爲賢妻良母，當然也就想不到會設計去陷害自己的親妹妹了。說來說去，張愛玲似乎在替史蒂芬・克雷因的那句話「環境往往會不分靑紅皂白影響一個人的一生」，一遍又一遍地作註腳。在這一點上，作者悲觀主義的宿命論色彩，最爲濃郁，環境——即或不是自然環境，而是社會環境——早已佈下天羅地網，銅牆鐵壁，荏弱者如曼楨，無論怎樣驚慌奔走，也難逃這一劫了。

考里在文中繼續說，自然主義最喜歡發揮的一個主題，是人類的獸性。往往在一次危機過後，多半是一場戰爭，一次沉船，一趟北極探險……文明的外衣被撕剝掉了，人們露出了原始的獸類求生的本性，或是獸類保護下一代的本能來。這話是諾力斯說的。但也可能是早期的自然主義作家，像左拉，喜歡說的話；因爲每當這一派的作家處理「進化」問題時，他們喜歡採取「退化」或者「墮落」的方式來突顯它。小說中的人物，也絕無尼采夢中那種超人的境界。相反地，他們會逐漸沉淪下去，變成野獸。

反觀半生緣，類似的情形發生在曼璐身上，獸性是一點一點在這個女人腦子裡萌芽蠢動，然後一經觸發，便像毒癌一樣蔓延擴大，再也回不了頭了。關於這，作者有非常精采的描寫：

「曼璐在床上翻來覆去，思前想後，她追溯到鴻才對她的態度惡化，是什麼時候開始的。就是那一天，她妹妹到這裡來探病，後來那天晚上，鴻才在外面喝醉酒回來，倚風作邪地，向她表示她妹妹有野心。被她罵了一頓。

要是眞能夠讓他如願以償，他倒也許從此就好了，不出去胡鬧了。他雖然喜新厭舊，對她妹妹倒好像是一片癡心。」

然後，她想起「她母親那一套『媽媽經』，她忽然覺得不是完全沒有道理。有了孩子就好了。借別人的肚子生個孩子。這人最好還是她妹妹，一來是鴻才自己看中的，二來到底是自己妹妹，容易控制些。

……

然後她突然想道：『我瘋了，我還說鴻才神經病，我也快變成神經病了！』她竭力把那種荒唐的思想打發走了，然而她知道它是要回來的，像一個黑影，一隻野獸的黑影，它來過一次就認識路了，咻咻地嗅著認著路，又要找到她這兒來了。」

照常理來判斷，曼璐想到這裡，應當抑止住自己的獸性，回頭是岸才對。然而她竟沒有！在對於鴻才這個男人的陣地爭奪戰中，她逐漸暴露了野獸的原始本能來，而且一無反顧，連手足之情都一併摒棄了。老子不是說過「道心唯一，人心唯危」這句話嗎？而自然主義作家一再想表現的，也就是「人心唯危」的一個境界。

考里的文章還指出：美國的自然主義作家，大都是記者出身。然而，在二十世紀初期，無論是牧師神壇、或者報紙論壇所宣傳的美國信念，早已和眞正的美國生活脫了節。財富往往是自私和欺騙的結果；至於那些在自己一行內受到尊敬的朋友，那些好心的、有見識的、誠實的、以及雙眼張開的朋友，就事論事，反而成爲一敗塗地者。換言之，美國自然主義作家所處的，是一個希望成灰、理想幻滅的時代；在這一個時代，基督教是一種贗品，捨「強權」以外，無一件是眞實可靠的東西。同時，處身於此一時代，每個人都在那裡暗中佈置陷阱、說謊、揮霍，稍有幻想便出紕漏……因此，這些有著「犬儒派」傾向的青年作家，便大肆攻訐社會上種種僞善、狹隘和保守觀念，以及對於眞理漠然無睹等現象。

　　而半生緣中，曼楨、世鈞所處的，也正是這樣一個動盪激變的時代。不說旁的，單以祝鴻才這一個不法商人爲例吧，便可以瞭解到這是一個什麼樣的世界了。祝鴻才是做交易所投機生意的，在抗日戰爭期間，他從投機倒把，轉變爲囤積居奇，居然大發國難財，過著一種花天酒地的生活。可惜作者對於當時中國的社會現象，祇是點到爲止，因爲志不在此；她也不像具備「犬儒派」傾向的美國青年作家，志趣遂和寫「深淵」（The Pit）的諾力斯，分道揚鑣了。自然主義大部份作品，場面大而廣，氣魄雄渾，然而文字粗糙極不講究。半生緣則貫徹了作者一貫的風格，雖然時當中日戰爭前後，背景又是當時多事之秋的南京、上海，而實際上故事的重點，仍然放在家庭倫理、社會言情上面。其中尤以言情爲主。家庭倫理次之，社會又次之。作者的視野是很偪仄的，斷然不能和自然主義的大師，像左拉或者諾力斯的大氣魄和大場面，相提並論！

考里的文章接著又說：兩位自然主義派的大師，像左拉和諾力斯，趣味和性格都有點像他們的前人，也就是浪漫派作家。儘管諾力斯自稱隸屬左拉門下，實際上他喜愛的作家，都是浪漫派的傳人，像大小仲馬、雨果、古柏林、史蒂文生、史谷特、狄更司等均是。如果，我們讓左拉躋身在這一群人中間，他也一點不會感到陌生的。有一次，諾力斯甚至稱呼左拉是浪漫主義作家的領袖。諾力斯又這樣主張：「在一則自然主義的故事內，必定要有可怕的事件發生。這些事件，必須迥異於尋常，從平靜、平淡的日常生活中扭奪而出，然後急投於一場龐大而又恐怖的戲劇掙扎之中，並以縱恣的激情、血和暴斃作爲結束。每一事件都是驚人的，幻異的，甚至醜陋的，還必須帶一點恐怖的餘音，像一陣不祥的低音音域，冷冷顫抖而過。」

諾力斯又希望，以「羅曼史」（Romance）的手法，來撰寫自然主義作品，而不是去使用那些「粗糲的、無色、無愛、鈍澀的寫作工具，像『寫實主義』。」德萊塞也在他自傳體的文章內，談到他自己「浪漫派」的性格。其他一些自然主義作家，也各各是不同的尋夢者，浪漫詩人。他們固然深信不疑，人是受自然力量轄治的，但是這一種自然力量，唯有在遭遇到巨大的財富、赤貧、集體尋歡作樂（狹邪）、血和暴斃時，才能湧現得最爲酣暢淋漓。

張愛玲一向喜歡傳奇，證諸唐宋傳奇裡的故事，無論南柯太守、柳毅、霍小玉、虬髯客、非煙等傳，莫不都是以巨大財富、集體尋歡作樂（狹邪）、血和暴斃等爲摹擬主題。而張可能深受到這類舊式傳奇的影響，早期的短、中篇小說，乾脆就題名爲「傳奇」，因此，在寫作精神上，她和自然主義作家相埒，是「浪漫派」，雖然在實質上，她又是寫實的。張愛玲「傳奇」中的故事，即或不大有血和暴斃的場面，也是「迴異於尋常」的。有的發生於「大富之家」（如「第一爐香」，「金鎖記」）；有的寫的是荒誕不經、存在於狂想中的愛情（如「封鎖」）；有的說的是狹邪和荒淫（如「紅玫瑰與白玫瑰」、「阿小悲秋」）；還有描述的是暴力（如「茉莉香片」）。半生緣寫的故事也似乎荒誕不經，發生在曼楨身上的事，像噩夢一樣離奇，它是「迥異於尋常的」，它又從平靜、平淡的生活中，扭奪而出，然後急投於一場龐大而又恐怖的戲劇掙扎之中。所以，就氣質而言，張愛玲實在是一個尋夢者，一個浪漫派的小說家，或者乾脆說，是一個詩人。半生緣的故事，進行到一半的時候，忽然發生了一百八十度的大扭曲，是傳奇筆法，也是自然主義小說中經常得見的一種轉變。作者可能認爲：讓曼楨水深火熱於這一場大而恐怖的戲劇掙扎之中，更能映帶出相關角色的激情來，而不會落入溫吞水式的庸俗情感模式之中。正因爲是這樣，考里在文章中指出，文學上的自然主義，不是一種可以受到官方贊助的主義，也不適合在公立學校中設帳授徒；因爲這一種主義，爲求達致目的，不惜盡量刺激讀者的感性，將他們的幻覺，摧毀殆盡；它並且時時對於有產階級的自尊，構成一種威脅。辛克萊·路易士（Sinclair Lewis）的「貝比特」（Babbitt），因爲對於美國商人階級，有敵意的刻繪，被稱做自然主義作品。所以這類作品，極易混淆視聽，而往往給人戴上「左派」的紅帽子。半生緣不適宜在公立學校公開講授，其理甚明，書中對於「有產者」，如鴻才夫婦，世鈞的父親嘯桐，翠芝的母親石太太，以及圍繞在他們身旁的那些醫生、護士、僕役等人，諷刺也很無情。祇不過因爲「寫情細膩」，這一種諷刺的辛辣味道，遂大大地沖淡了。

不過，一個好的作家，不管他是寫實派，或者自然主義的奉行者，必須懂得如何投入故事之中，又懂得怎樣化出；否則，他將是一個不折不扣的浪漫派，作品的可信性與眞實性，也會相對地打上一個折扣；再加上二十世紀的讀者，多數是世故的，又兼犬儒，恐怕甚難討好。考里說，自然主義作家，喜歡採用客觀或者科學化的方式，來處理他們筆下的素材。法國的龔固爾兄弟（the Goncourt brothers），早在一八六四年間，便倡言：「今日的小說，是由採自自然、述自自然的眞實文件構成的，就像歷史是取材自書寫下來的文件一樣。」幾年以後，左拉又替自然主義小說，下了一道定義，說：「它是一場科學化的實驗；它的目的，是顯示一群特定的人們。在一場特定的情況下的行爲。」諾力斯更進一步說：「沒有一個人可以配當一個作家，除非他能夠一貫保持冷靜的態度，來觀察人生和衆生——也就是說，除非他能夠保持冷靜的，外在的，忠實的觀察態度。」所以，如果我們說，自然主義作家，是採取了當時最新的科學理論，來作爲他們創作時的立論根據，是毫不爲過的。

他們又常常說，他們可以隨意採擷人物，就像動物學家收集標本一樣，而他們有關這些「標本」的虛構故事，可以像一篇實驗室的報告那樣正確無誤。這種說法，未免有點誇張，因爲，考里指出，寫一部好的作品，最起碼的程度，是要做到誠實無欺，而在文學中，「誠實」往往是一項不易達致的品質；因爲它和新聞記者所寫的報導比較起來，需要更多的勇氣和集中心力。即或一個作家具備了自然主義全部的條件吧，考里說，他仍然需要達致某種程度的「觀察力」（observation）和「張力」（intensity），然後和所謂的自然主義，才能庶幾近之。考里的言外之意似乎是：寫一部好的自然主義作品，必須將主觀（張力）和客觀（觀察力）的成份，安排得平分秋色。像史蒂芬．克雷因的神女瑪琪，作者曾經宣佈他的目的，是爲了顯示環境是一件了不得的東西，它往往會不分青紅皀白地，影響一個人的一生。然而，在主觀的一面，小說同時也暴露了作者平日一個難忘的意念，這種意念困擾了克雷因一生，那便是：妓女是無辜的！這一意念，最後促成克雷因和一位娼門鴇母的結合。諾力斯的處女作「溫多瓦和野獸」（Vandover and the Brute），看來似是有關墮落的一篇客觀研究，實際上卻反映了作者自己和他嚴正的清教徒良知的掙扎；溫多瓦其實就是諾力斯他自己。「嘉麗妹妹」是以德萊塞一位妹妹在芝加哥的冒險生活爲經緯，這也間接說明了，爲何這本小說以「妹妹」爲書名。總而言之，在絕大多數的自然主義作品裡，多藏有作者個人的哀傷，悲憤和惶惑等種種情緒。他們寫得最好的時候，不是在他們企圖客觀或者科學化，而是在他們最不自然主義化，最個人化，最抒情化的檔口。

張愛玲一直被認爲是現代中國作家裡最客觀的一位。根據夏志清先生在「序文」裡的說法：「她的小說都是非個人的，自己從沒有露過面，但同時小說裡每一觀察，每一景象，衹有她能寫得出來，眞正表達了她自己感官的反應，自己對人物累積的經驗和世故。」半生緣的人物，是張愛玲「從客觀世界採擷而來的，就像動物學家採集標本一樣，」而她「有關這些『標本』的虛構故事，可以寫得像一篇實驗室的報告那樣正確無誤。」前番引述過的話，自然都可以轉借到半生緣身上去。但是，很奇妙地，作者在「張力」（主觀）和「觀察力」（客觀）的安排上，也是一半又一半、平分秋色的。換言之，她寫半生緣絕對是有感而作，而不是像自然主義作家所倡言的，將一堆冷冰冰的死資料，「憑爾去，任淹留」地堆砌在讀者面前算數爲止。她的長處，也正是考里最最擊賞的自然主義作家的「窩心」之處。半生緣中曼璐曼楨兩姊妹，實際上是張愛玲的「潛我」（id）和「他我」（alter-ego）的「化妝」；用張自己在怨女中的說法，這雙姊妹也就等於是作者潛伏人格的「一個面幕」、「一種歌聲」。這一點，早經我在另一篇拙作「讀張愛玲新作有感」之中再三點明了，茲不多贅。

自然主義的小說，既然達致了廣和博的程度，卻嫌不夠深細，考里在討論這一派小說的缺點時，劈頭便將它指出來。自然主義的作家，以顯而易見的意象，來刻劃他們的客觀世界，和亨利・詹姆斯，許渥德・安德森，或者威廉・福克納的作品，背道而馳，因此他們無法狀擬出一個人內心的世界來。自然主義作家又不喜歡描寫「個人」（individuals），而專以類型（types），背景（backgrounds）或者運動（movements）爲描摹對象。同時，多數的角色，也很少能作道德上的抉擇。這些缺疵都不屬於半生緣，因爲這本小說盡如前言，是寫情細膩有若「細雨濕流光」的作品，世鈞和曼楨的戀愛，作者刻意經營、步步爲營，未曾放鬆過一步；兩人自相識，而進入初戀，又由初戀，邁入熱戀，以迄最後的破裂和訣別，作者都極有分寸地，將它們一級一級舖展開來；儘管像金鎖記所言，這「一級一級」，最後是「通入了一個沒有光的所在。」尤其是全書一開場的時候，曼楨和世鈞的愛情剛剛展開，夾忙中又纏進叔惠、翠芝的暗戀情絲，一明一暗，彷彿「大紅絨線裡絞著細銀絲」；而兩種愛情滲化得那樣的均勻柔和，又像是絲棉蘸著了胭脂水，立即紅得一場糊塗，眞是耀眼得緊。

半生緣中充滿了大大小小的高潮，但是最後的一個高潮，總結全篇，該算是最大最重要的一個高潮，那便是世鈞和曼楨的重逢。這一雙情侶共同殘留下來的愛情破舟，經過了最後這個浪花的撲擊，便整個地碎了，沉到海底去，片甲無存。這一段描寫所佔的篇幅並不長，不過聽張女士說，是經過改寫的，和以前在上海亦報連載的時候不一樣。讀完這段描寫，使我不禁憶起讀「奉使記」The Ambassadors）時的感受。「奉使記」是亨利．詹姆斯晚期的作品，無論任何一件事情，隨便哪一個人物，都是通過史屈塞這個老單身漢的一雙眼睛透視出來，當然最主要的，是經由此人的意識來臆述故事，但不是單純的意識流。半生緣的寫作觀點，不是全部通過世鈞的意識，其理甚彰，半生緣自然也不是奉使記。不過最後一段，世鈞感受的新鮮強烈，絕不亞於奉使記中垂垂老矣的史屈塞。為免讀者存疑，現在權且把最後重逢的一段，抄錄於後：

「叔惠的妹妹抱著孩子走來，笑著往裡讓，走在他前面老遠，在一間廂房門口站住了，悄悄的往裡叫了聲：『媽，沈先生來了。』看她那神氣有點鬼頭鬼腦，他（世鈞）這才想起來她剛才的笑容有點浮，就像是心神不定，想必今天來得不是時候，因道：『叔惠要是不在家，我過幾天再來看伯母。』裡面許太太倒已經站了起來，笑臉相迎。她女兒把世鈞讓到房門口，一眼看見裡面還有個女客，這間廂房特別狹長，光線奇暗，又還沒到上燈時分，先沒看出來是曼楨，就已經聽見轟的一聲，是幾丈外另一個軀殼裡的血潮澎湃，彷彿有一種音波撲到人身上來，也不知道還是自己本能的激動。不過房間裡的人眼睛習慣於黑暗，不像他剛從外面進來，她大概是先看見了他，而且又聽見說『沈先生來了。』

他們這裡還是中國舊式的門檻，有半尺多高，提起腳來跨進去，一腳先，一腳後，相當沉重。沒聽見許太太說什麼，倒聽見曼楨笑著說：『咦，世鈞也來了！』聲音輕快得異樣。大家都音調特別高，但是聲音不大，像遠處清脆的笑語，在耳邊營營的，不知道說些什麼，要等說過之後有一會才聽明白了。……」

以上所引，是作者有如王國維在「人間詞話」裡所云，既能「入乎其內」，又能「出乎其外」的最佳例證。世鈞爲什麼覺得四週的聲音，聽上去「音調輕快得異樣」，同時「音調又特別高，但是聲音不大，像遠處清脆的笑語，在耳邊營營的……」此無它，是世鈞心情緊張，一顆心一下子吊到半空中的緣故。作者這時突然蛻變成爲潘彼等，鑽到世鈞的意識中心裡去，替它說話，替它翻譯，然而，她的這枝筆，既在局內，又在局外，因爲她的敘述是平靜而又客觀的，她祇是替世鈞的感受，作了一番不事雕琢、忠實流利的白描而已；甚至連作者平日最擅長運用的意象，也幾乎完全沒有！這一種寫法，大概就是考里所指的，主觀（張力）和客觀（觀察力）的平分秋色吧？

如果實在要找意象的話，蘊藉如張愛玲，自然是會讓你找著的。我想，大概意象是暗藏在這座古老舊式的中國廂房裡吧！在這一間門檻特別高，昏昧不明的房間裡，作者讓她的男女主角歷盡滄桑後，又重逢一次，是饒有深意的。使讀者的感受，彷彿不止限於眼前這一雙不幸的情侶，而是貫穿古今的，既屬於現代，也屬於歷史，有若簾影房櫳，重重疊疊，曼楨的怨情，倏忽幻化成爲「千載琵琶作胡語」，可以和王昭君的悱惻等長了。

考里在全文快結束時，談到自然主義作家的嘲弄技巧，他認爲，這一派作家無法達致悲劇的境界。他們會得寫罪惡、自殺、人間的災難，甚至恐怖、醜陋的事件，但是即或是他們最爲驚心動魄的作品，也不過是所謂歷史的構案而已，而絕非是希臘式的悲劇。阿里斯多德說：「悲劇是對於人的重要性的一種肯定；它又是對於一種高尚行爲的模倣。」然而自然主義的作家，是無法相信人性高尚這一點的。有一位這一派的作家如是說：「我們今天不再寫悲劇了。如果今日的小說和戲劇，描繪的是小人物和小幅度的感情的話，並非由於我們祇對凡夫俗子以及他們的卑微行爲才感到興趣，而是因爲我們開始覺察到人的靈魂是凡庸的，而他們的感情是鄙瑣的。」對於自然主義作家而言，人祇是渺小的蟲豕而已（這一點，堪與莊子所謂「蜉蝣不知天地，螻蛄不知春秋」相比）；人的短暫生命，是靠他寓身的大自然和社會來決定。如果人敢挺身出來，和大自然或者這個社會搏鬥一番的話，必定會闖得粉身碎骨。於是，這個人的掙扎，與其說是悲劇性的，毋寧說是令人憐憫，或者充滿了嘲弄性，來得適切些，而讀者所引起的感受，也就彷彿看到一座泰山，移壓到一隻蒼蠅身上一樣。嘲弄是自然主義作家最鍾愛的一種技巧。以史蒂芬・克雷因爲例，這是他所有的故事情節所依賴的一個中心點；在「英勇的紅勳章」（The Red Badge of Courage）內，那個年輕的士兵因爲開小差而被頒授了勳章。德萊塞的諸長篇中，嘲弄係來自傳統的道德觀念和他所描寫的情境的一種對比：嘉麗妹妹失去了她的貞德，卻在紐約的紅氍毹上，紅了起來；珍妮・格哈特（Jennie Gerhardt）是一個男人的情婦，然而她比任何一個正經女人，都要堅持自己做人的原則。

張愛玲和自然主義作家不相上下，也是一位「嘲弄專家」。半生緣中，嘲弄是無處不在的。整篇小說的最大嘲弄，自然是世鈞和曼楨的愛情不得善終，以及曼楨一錯再錯，下嫁祝鴻才。書中的人物，個個都是凡夫俗子，在逼人的悲劇來臨之下，彷彿「蒼蠅遇到泰山壓頂」，無法產生超人或者英雄式的醒悟，連帶著他們的反應和行動，也就顯得猥瑣和難堪，不滲帶一絲高貴的成份了。此所以曼楨在受到姊夫的欺負以後，始終沒有自殺，後來聽說世鈞移情別戀，也能夠含垢忍辱地苟延下去；最後她和世鈞重逢，除了慘叫一聲：「世鈞，我們回不去了！」以外，兩人也沒有相約闢室幽會，然後殉情自殺；世鈞也沒有同翠芝離婚；而翠芝也沒有留字條出走，同叔惠私奔到天涯海角。這一連串的可能性，都因爲作者對於嘲弄的執著偏愛，而被一一否定掉了。在讀者心目中所引起的感受，自然是憐憫和諷刺，大過悲劇的滌蕩沖擊作用了。其實，認眞說來，作者這一處理手法，倒是非常切近「現代」的，而作者一貫的寫作意圖，也就是要臨摹小人物那種「不明不白，猥瑣，難堪，失面子的屈服。」（見「傳奇再版序」）

（一九七三年三月一日於美東）

註：本文發表於一九四七年的批評雜誌「肯揚評論」（Kenyon Review），並蒙夏志清先生特為蒐集影印寄來，特此誌謝。

「張愛玲的小説藝術」跋

「張愛玲的小説藝術」中，最早的一篇，是「讀張著『怨女』偶拾」，那時我還在南洋，距今已維時五年，以後又陸續寫了兩篇，這些都收在我的一個散文集「拋磚記」內。

一直從去年五月開始，我才逐漸從「小」寫改爲「大」寫，一方面是這一年來，我既未念書，也沒有做事，在寸陰是惜的美國，我這樣大量揮霍自己的時間，有點像不知時價的莽漢，大開著滿貯著百合、麝香的金瓶，儘讓著香晶揮發，按理有點說不過去，遂有細寫張愛玲之舉，同時又利用這段空檔，完成了一個中篇。

張愛玲的小説，是從小跟我一同長大的，此外還有一部紅樓夢，也覺得顧盼生姿，百讀不厭。這實在很難解釋，儘管我在一篇篇的分析評解中，自認爲「蔥理」得相當玲瓏剔透了，也許仍然有向隅的讀者認爲，這不過是一種「緣」法，不足爲訓。知我者罪我，祇有聽便了。

有一點促成我寫張愛玲，可能不當算做主觀的原因，那便是：張愛玲的小說外貌，乍看起來，似是傳統章回小說的延續，其實她是貌合而神離；她在精神上和技巧上，還是較近西洋的。當初她在寫作的時候，大概也並沒有一心要想效法西洋大家。這是一種偶合，彷彿胡蘭成說的，是「道字不正嬌唱歌」，結果緣法湊巧，剛好唱出了正確悅耳的心聲，這一點實在難得。既然較近西洋，諸如神話、性心理、象徵、意象、雙層結構等法像，在她的小說中，也就如天女散花，顯得香風細細，嫣然百媚，遂使有替她作「校書人」興趣的讀者寫起評文來越發覺得「有話即長」了。

還有一種西洋作家喜歡運用的「狂想曲fantasy」的寫法——或者也可以譯成「幻想曲」式，在她的一個短篇「封鎖」內，也運用得奕奕有神。本來還想另闢專文闡釋的，因爲趕著要出書，來不及了，祇好等以後有機會再寫。很少有中國作家，能夠將 fantasy 表現得這樣圓融透熟，而張愛玲在三十年前即已向我們提供了一個極好的樣本，此無它，唯有歸功於作者的天賦。「封鎖」顧名思義，是說在人爲的制度下，一切外在的交通都停頓了，而人的本能（id），反而獲得活潑的開放，於是婚姻不美滿的會計師呂宗楨，和坐定即將成爲老處女的翠遠，在封鎖的電車中，肆無忌憚地聊起天來，互訴苦衷，終於發生了愛情。這一段情大概出諸會計師（或者翠遠）的「冥想」成份居多，因爲在封鎖宣佈解除之際，「一陣歡呼的風颳過這大城市，宗楨突然站起身來，擠到人叢中，不見了……對於她（翠遠），他等於死了……整個的上海打了個盹，做了個不近情理的夢。」

×××

「小說藝術」一書，比較著重的，是張愛玲早年的短篇小說，餘如她的長篇「秧歌」、「怨女」、「赤地之戀」、「半生緣」等，則著墨不多，點到即止。事實是：個人有個偏見，比較喜歡她的短、中篇，那是她創作生命的頂峰，儘管她自己不這麼想，也不承認，在「自序」裡更謙虛地說：「內容我自己看看，實在有些惶愧，但是我總認爲這些故事本身是值得一寫的，可惜被我寫壞了。」——這些故事果眞寫壞了嗎？

×××

寫了這麼多篇評文，如果有人問一句：你認爲張女士的小說，到底哪一篇最精采？我要答一句：當然是「金鎖記」最精采。爲什麼最好的反而不提？那是因爲夏志清先生已經提在前面了，而且提得很多，本諸「好曲不唱三遍」之旨，所以不再重複，祇揀選他未曾論及的，多加發揮，因此連「茉莉香片」我也未加涉獵。「金鎖記」和「傾城之戀」、「第一爐香」相埒，受紅樓夢筆法影響甚深；認眞說來，太過於酷肖某一部名著的作品，有時也可以構成一種缺疵的。比較起來，「花凋」、「留情」、「阿小悲秋」、「紅、白玫瑰」是用她自己的風格寫的，也較具獨創性，是一種「張愛玲體」的風格，像平劇中張君秋從梅蘭芳的唱腔脫穎而出，自成一腔，是張腔，也是新腔。

×××

有位文友看了我寫的「阿小悲秋」評文後，寫信給我，希望我寫張的時候，當作一件大事來做；又說最好能夠藉此給後來者，指出一個寫作的方向。這一點我實在擔當不起。寫作本來是無路可循的職業，到底哪一個方向最正確？張女士的方向，是不是最正確？最值得學習？還是她走的係李賀式的絕路？諸如此類的問題，恐怕就是把曹雪芹、托爾斯泰從古墓裡掘出來，讓他們像耶穌一般復活，答覆門徒的訪問，也說不清楚的。我唯一能夠做的一點便是幫助讀者，瞭解欣賞張愛玲的小說，和她的寫作藝術。當然說歪了的地方，在所難免，那時候，唯有請讀者當「小說」來看這本書了。

×××

書前面承蒙夏志清先生寫序，非常感激。另外張女士早已經洽好，答應寫一篇代序，後來幾經琢磨，終成空花泡影，她還爲此寫了一封信來，解釋這一件事，可惜這封信被我庋藏不慎，弄丟了；否則倒是可以謄錄出來，用解張迷讀者望梅之渴的。

×××

書成的時候，我還當謝謝姚宜瑛女士，是她促成了這本書的付印；中國時報登載了書中絕大多數的文章，我也應當謝謝他們。還有我的太太式法，因爲她在美有一份工作，使我得以靜下心來，專鶩寫作，而毋須爲稻粱謀。

常常看到西洋批評家，在完成一本批評專書時，總是把書獻給自己的太太或者母親，幾無例外，而小說家則是獻給朋友、知己的居多。這件事也側面說出了批評家和作家的分野。我不知道自己屬於哪一家？所以，原先想效法西洋批評家所爲，把這本書獻給太太的，最後一想，還是沒有這樣做。還是錢鍾書在「圍城」中說得好：「獻書祇彷佛魔術家玩的飛刀，放手而並沒有脫手。大不了一本書，還不值得這樣精巧地不老實，因此罷了。」

（一九七二年七月十九日寄自美東）

國家圖書館出版品預行編目資料

張愛玲的小說藝術／水晶著. -- 三版. -- 臺北
市：大地, 2000〔民89〕
面； 公分-- （大地文學；5）

ISBN 957-8290-19-5（平裝）

1. 張愛玲- 作品評論

857.63 89008168

張愛玲的小說藝術

大地文學5

作　　者：水　晶
創 辦 人：姚宜瑛
發 行 人：吳錫清
主　　編：陳玟玟
封面設計：曾堯生
出 版 者：大地出版社
台北市內湖區內湖路二段103巷104號
劃撥帳號：〇〇一九二五二～九
戶　　名：大地出版社
電　　話：（〇二）二六二七七七四九
傳　　真：（〇二）二六二七〇八九五
印 刷 者：普林特斯資訊有限公司
三版二刷：二〇〇四年二月

定　　價：190元

E-mail：vastplai@ms45.hinet.net　Printed in Taiwan

（本書如有破損或裝訂錯誤，請寄回本社更換）